神是一枝花

胡寅◎著

上海文艺出版社

自序

去希腊前读神话，集心得笔记成此书。文论不是文论，散文不是散文，游记不是游记，小说不是小说。书名仿胡兰成《禅是一枝花》。

胡为人受诟病已久，多数张迷，极端如亦舒几欲生啖其肉。即使挺胡者，也主张其人可废不废其文。我抄其题目，无他，唯喜欢该句式。既然人能同姓，书名何尝不可同体？

希腊神话介于宗教与文学间，其创世说，及人格化自然与犹太教相仿，两者大致可看成美索不达米亚文明在地中海和中亚的延续。犹太教发源于公元前两千年，摩西五经成于公元前十世纪。古希腊黄金时代至荷马时代跨度与之相同，是否受其影响待考，源于同宗可以断定。而较之犹太教，希腊神话与西方文明的姻缘却如昙花一现，只放出幽香召来了浪漫的蜂蝶,却全无现实的果实。世俗功能较弱,是其生命力衰落,最终不能与犹太教抗衡的原因。

我写此书,无关形而上。希腊神话流传至今,解读者无数,自文化,自宗教,自政治,自美学,自种族,视角多为宏观。空对空地比照,对学界或为定式,对普罗大众却少裨益。今天希腊神话人物中与人最近的恐怕仅有俄狄浦斯,也只因弗洛伊德将之命为恋母情结故。普通人的思考索引总是世俗的,好比老上海记电话号码“五一二九九四八”,好好的黄页名片本都不顶用,非要编成“吾要娘舅就是发”才记得真切。我写希腊神话,也写俗事,文艺,心理和个体经验,形式是怀旧。希望借现世格神话,以下而上来使之简明。

反过来看,罗兰巴特说神话无孔不入,我即该信条的粗暴奉行者。经济社会,宗教没落,即使天主教号称全球第一,受洗者亦不过五分之一人口,实践者更是几何级地少。一些耶路撒冷的犹太人至今仍把生活约束在《旧约》里,更多的则在华尔街炒股。对于我们,以神话来编织信仰已越发艰难,作处世贴士想必有余。世事模糊琐碎,得有个框架把它们归得有条理才能借鉴。比如朋友间闲谈,突然提起特吕弗《四百下》或《祖与占》,找出片来,乍一看，平平淡淡，没觉得怎样好，必要找些背景，把它们放进新浪潮和电影手册，与左岸派或新现实主义前后衔接才生出气势，感受到彼时风起云涌的理念冲突。这样教条虽嫌粗糙，但一下子就让模糊豁然，让琐碎厚重了。希腊神话，正是本书给生活选的活页夹和书签。

写到这里，对面"最新旅游书目"架上深圳大学阮炜教授的《另一个希腊》映入眼帘，拿来一翻，是本不折不扣的史学论文集，除"希腊"二字外，与其两边的游记攻略全无关联。我一阵发笑，史家书混迹在《孤星手册(LONGLY PLANET)》中，且不论其象征意义，上海图书馆尚有这样有趣的归档(无)意识，平头百姓自然不甘"凹凸"[1]。巴特本意是神话结构对文化的影响，我要将之投射到自己，若有可能，也投射到各位。跟当下红火的电视相亲节目一拼，拉郎配也许牵强，也许误读，也许是顺手放错架子，不过以神话鉴生活，不是以史为镜，不期自成体系，只求鲜活轰烈，图个痛快。

二〇〇九年十二月

至二〇一二年一月

于海上清真路

---

① 编注：英语 out 的谐音，意思是 outdated，即过时的、陈旧的，赶不上时髦。

目录

I

婚礼上的潘多拉

《潘多拉魔瓶前的夏娃》,〔法〕老古赞,卢浮宫,1500 年。

潘多拉小传

普罗米修斯盗火之后，将幸福带给人类，而将所有的恶封于桶内，并警告其弟厄庇墨透斯永远不能打开这个桶。宙斯对此耿耿于怀，命火神赫菲斯托斯造了一尊泥塑，众神各送其一样对男人有害的礼物。雅典娜饰之以华服，赫尔墨斯赠之以谎言，阿芙洛狄特塑之以娇媚，因而宙斯称她为潘多拉。

宙斯将她作为礼物送给普罗米修斯的弟弟厄庇墨透斯。厄庇墨透斯为之着迷，置兄长的忠告于脑后而接受了礼物。夫妇俩一度生活得很幸福。然而受好奇心的驱使，妻子趁丈夫外出，偷开桶盖，将不和与战争，瘟疫与疾病，偷窃与暴力，悲哀与忧虑放入人间。此后人类开始遭遇各种不幸，而不幸中有万幸，因为桶内仍然封存着希望。

维基百科总结了潘多拉和夏娃的若干共同点，多少可以理解为对早期人类从母系氏族转入父系制后产生的不和谐记忆。有持“伦理缺位”观点的学者认为，潘多拉曾是某些母系小部族的偶像（我在雅典考古馆看到过刻有潘多拉像的

克里特岛哈尼亚市

银币，大概她一度不那么坏。哈里逊《希腊神话论》推测潘多拉是克里特岛母神的延伸，名字原意为万物之给予者），这些部族给奥林匹斯系部族带来过威胁和麻烦。在战争之后，征服者将她融入神系但降格为宙斯的玩物，加诸种种品行缺陷以警世人。古希腊神系中遭到同样待遇的还有赫拉，只不过她代表的势力比较强大，或在文化上更亲近拜宙斯族，所以仅被降为主神配偶和妒忌的代言人。

今天当人们提到潘多拉的恶源，更多地会联想到“盒子”而不是“桶”或“坛子”。早期神话中的坛子（PITHOS）在16世纪被译为拉丁文盒子（PYXIS），后又被译为英语的BOX，貌似误译，实为社会进程的必然。母系时代，女人掌握部落生存命脉，负责管理分配财富，其基本工具便是储存食物的陶坛，彼时所有的天灾人祸，最常见的如瘟疫和战争，都因这些坛罐而起。随着制度变迁，财富脱离实物本位变成了贵金属和货币，可以存放在体积较小的盒子里。到了古典时期，“盒子”一词的指向，又加入了抽象的“性和欲”等等符号，更显得比先前两个概念宽泛模糊，误译终成正解。但不管怎样，女性喜欢保存贵重物品，具体体现在对盒子类封闭容器情有独钟的情结，直到今天仍比男人强烈。

至于当代男人是否还存有对于潘多拉之盒的普遍恐惧，

我无法尽述，因为我本人对女人保护财富的执著并不感冒。不过对于盒子这种容器，我倒真有一个失败的切身体验。

去年结婚时，我自己策划了一个拍卖的婚礼游戏，本意是把面值不等的游戏纸币封在喜糖盒子里，随机分给宾客，用于在筵席上自由竞价购得礼品。由于喜糖盒子大小不一，特地把大面值纸币放在小盒子，小面值放在大盒子里。然而当天一忙，忘了告诉伴郎分喜糖时应每桌随机发放不同大小的盒子。伴郎不知盒子尺寸与所含财富的关系，出于好看目的，在每个桌子上都放了同样尺寸的糖盒，造成游戏过程中有些桌的宾客手里集中了大数额的纸币（往往同桌的宾客因亲友关系属于同一个群体，其策略和资源能迅速统一起来形成规模与别桌对抗），肆无忌惮的哄抬价格，而另一些桌则由于货币总额太少放弃了竞争，削弱了游戏的公平性和趣味性。

与神话一样，这是一个因规则制定者与执行者的理念差异，虽然两者都怀有善意的动机，而最终造成不良后果的典型例子。厄庇墨透斯因为美而偏离了普罗米修斯制订的规则，潘多拉因为好奇而违背了厄庇墨透斯的规则，于是潘多拉的盒子就变成了婚礼的糖盒，而她只是在婚宴上尽情哄抬物价的宾客之一。不公平的是，我们现在习惯把原罪的帽子扣在潘多拉头上，却忽视了她可能只是一个宗教斗争的牺牲品，甚至可能只是我们自身幼稚期的写照——人类欲望无限制扩张的最后一块多米诺。以逻辑的角度来看，这种替罪羊思维是如此的不合情理，以至于只需引用最近大卖的电影《武侠》里，导演借男主角之口喊出的一句人道主义口号，就能为潘多拉翻案："一人有罪，众生同谋。"难道好奇也有错？难道厄庇墨透斯和普罗米修斯就没错？既然都有错，为什么只抓着个弱女子不放？

于是真正的魔盒被打开了。上海俚语有：横竖横，拆牛棚。一旦被冠以红颜祸水的称号，越有自尊的女人越决绝。就连晴雯这样卑贱的丫鬟临死前都有"早知担个虚名，不如早打正经主意"的想法，何况一代部落之母？潘多拉的盒子里其实空空如也，她所在的制度本身才是瘟疫与疾病，偷窃与暴力，悲哀与忧虑的出处。和我们的偏见相反，她恰恰不是释放欲望的第一人，而是人类以肉身禁闭恶灵的最后一个封印。她所承受的是当下，而这"当下"的压力，远远大于所谓的"先知"普罗米修斯和"后觉"厄庇墨透斯所界定的，因为在她之后，欲望再无限制。

只不过她失败了。她的失败，使我们没有机会去尝试。

事到如今，大大小小，层层嵌套的潘多拉魔盒充斥着我们的生活。因为规则的制订与执行,大至社会契约,小至买卖合同,几乎涵盖了所有的经济与政治活动。每当我们不知道下一个盒子里会跳出什么时,潘多拉便成为了我们宣泄恐惧的出口,这或许是我们应该对之稍稍报以感激的理由。事实是,我很庆幸魔女已经在我的婚礼上小小地展示了一下其力量,这样,将来我若在更公众更上层的领域中再次碰到她时,就不至于表现得太惊讶和偏激。

Ⅱ

歇斯底里的酒神

《酒神》,〔意〕卡拉瓦齐,佛罗伦萨乌菲齐美术馆,1595 年。

狄俄尼索斯小传

酒神狄俄尼索斯是宙斯与塞梅莱之子。他自幼丧母,为避开妒妇赫拉的迫害,父亲将他寄托给森林神西莱纳斯抚养。成人后,他掌握了有关自然和酒的所有秘密。不过他还是受赫拉诅咒而疯,他四处游历,据说足迹远至印度和埃塞俄比亚,在游历中他的疯病被祛除了。他的追随者始终因他们的吵闹无序而出名。尤以其中的妇女为甚。当她们疯狂或极度兴奋时,会使用残忍的暴力。音乐家俄尔浦斯曾被她们分尸。底比斯王也仅因为稍稍怀疑了酒神的威力而被处以极刑。而带领这群狂热者胡作非为的就是酒神从冥界带回来的母亲。后世哲学家尼采,在其名著《悲剧的诞生》中如是说:在酒神的魔力下,不但人与人之间的团结再次得以巩固,甚至那被疏远、被敌视、被屈服的大自然也再次庆贺她与她的浪子人类言归于好。

几千年前的酒神祭是今天一种名为群体性歇斯底里（MASS HYSTERIA）的精神障碍的起源。当时人们发现女人由于长期受到心理压制，可能会产生身体不适，于是安排了一些狂欢祭典，让她们以平时不被容许的方式来发泄性欲与攻击的情感。到基督教中世纪，狂欢被禁止，但出现了一种集体性的舞蹈狂，症状表现为某个睡觉或清醒的人突然跳起来，带动其他人激烈狂舞，发作者主要也为女性。之后的各时代中，这种现象以各种变体出现，甚至可以上升到国家级别。比如希特勒发迹时的德国，由于一战后受国际社会的军事与经济的二十年压制，尼采的酒神精神就一度非常得人心，而其后果是大家都熟知的（女性主义以性别差异来观照社会构建，一度与后殖民主义融合为第三世界女性主义，这样的融合过于机械笨拙。国家作为国际社会的权力分配元素,殖民关系即性别关系,国家同词语一样本有性别之分。事实上,在多数语言里,由于民众对于族群母性的共识,国家一词皆为阴性,即使简单如中文无阴阳性,尚且习惯在"祖国"后加"母亲"以示性别。但对于与其竞争共存,处于同一宏大生态层的他国来说,父权即阳性自然存在,如最简单地,殖民输出国为阳性,输入或非殖民国为阴性。从这一点来看,当时的德国在欧洲处于被支配地位,属阴性)。

在成为世界工厂后,我国各地类似的群体性精神障碍也

雅典酒神剧场

时有发生。在同一种高强度劳动造成的压抑氛围下，一旦有第一个人精神崩溃，就会发生连锁反应，带动其他人做出同样动作。最近闹得沸沸扬扬的富士康七连跳事件即是一例。（本文成文后十数天，七连跳发展为十二连跳。）

精神病也会传染，这道理现在对于我们不难理解，然而古希腊人对此没有理性认识。为给这些有或没有预谋的集体疯狂行为一种解释，他们塑造出酒神母亲塞梅莱这个悲情角色。她在生狄俄尼索斯时被烧死，后来又被儿子从地狱里带回人间。大起大落的经历让她醉了，疯癫了。而她儿子是神，所以她可以为她所承受过的苦为所欲为。酒神祭狂欢正是对她的致敬，但更重要的功能是疏导和治疗。

按照现代观点，治疗群体性精神病的方法不外三种。第一种是改善外部环境，减轻压力；第二种是化整为零，把群体分成个体，使互相影响的效果减至最小；在前两种无法实现的情况下，古希腊人采用了第三种，那就是有计划的发泄。既然不可痊愈，那么至少定时定点控制，使社会损失降至最低。这种方法最简单易行，成本最小，于是渐成风俗。这种习俗在今天欧洲和南美一些不太发达的国家仍然流行着，其中最典型的是巴西和西班牙（亦是阴性国家，前些天还看到一组新闻图片说5000英国学生涌入某西班牙小镇狂欢，英国人天生好酒，却总喜欢跑去西班牙海滩乡野与当地人不醉无归）。而这两个国家在六十多年前的大战中，西班牙始终中立，巴西于 1944 年才象征性地加入同盟国，恰恰都避开了战争的主要阶段，不知是不是一种必然。

Ⅲ

回声女神的禅

《那西塞斯》,〔意〕卡拉瓦乔,罗马国立古典艺术美术馆,1599 年。

那西塞斯(版本甲)

那西塞斯有个他至爱的孪生妹妹。这个非常美丽的妹妹死去的时候年纪还很小。那西塞斯非常思念她,甚至想跟她一起死去。

一天,他坐在溪旁毫无心思看着流水想念他失去的妹妹时,他看到一张像她的面孔正在注视着他的脸。那种情形就像她妹妹成了河神而且就在河里,可是她没有说话。

那张那西塞斯看到的面孔实际上就是他自己的面孔在水里的倒影,可是他不知道。那时还没有像我们现在明亮的镜子,一个人可以在比如说一面发光铜制盾状的东西上看到自己容貌的这种观念尚不很明确。那西塞斯就靠在水旁看着那像他妹妹美丽的面孔,猜疑到底她是谁?也不知道他是否能再见到他妹妹。

以后他天天都到溪旁注视他看到的面孔,一面又哀悼他妹妹,最后众神为他感到很难过就把他变成了一朵花。

这朵花就是第一朵水仙花,所有这类花生长在池塘或溪旁时,仍然低下它们美丽的头看着水里自己的影子。

那西塞斯(版本乙)

那西塞斯是一位英俊的青年,面容可爱,体形优美。他深信,他的容貌会使每个见到他的人羡慕不已。他很骄傲,认为除了自己之外,别人都不配欣赏他那充满青春气息的面庞。因而,他沉溺于甜美的自我欣赏之中,远离所有的人,在苍翠蓊郁的小山谷中终日闲逛,他成了一位自恋狂。

一天,那西塞斯在树林中愉快地游荡。一位名叫回声的仙女一看见他就兴奋起来;她伸出爱的双臂,高兴地走向那西塞斯。然而,令她惊愕的是,这位青年粗暴地将她推开,连看都不看她一眼就走开了。这位可怜的仙女羞红了脸,迅速退到遮阴处,含情脉脉地凝望着心上人。

不久,那西塞斯来到一条小溪边饮水。当他跪在岸边时,他发现清澈的溪水中有一张非常可爱的面庞。他非常激动,并对着水中的人微笑,水中人也给了他一个微笑。他认为,一定是一位仙女爱上了他。于是,他就蹲下去吻她,她的嘴唇也向他靠近。但是,当他的嘴唇一接触清澈的溪水,水中那张可爱的脸就消失了。这位恼怒的青年人此时变得绝望了,他从未被人如此鄙视过。他日夜待在溪边,不吃不喝,不久就死了。他从未怀疑过水中的女子只是自己的影子罢了。众神非常怜悯他那优美的躯体,把他变成了一朵同名的花。

那位陶醉于爱河的回声亲眼目睹了这一切变化。慢慢地,她由于单相思而日渐憔悴;最后,除了声音之外,她已经一无所有。

回声女神

薏姑是个说话太多的女神。她很喜欢重复说过的话。一天,她说话不慎触怒了伟大的赫拉,赫拉就说因为这样,以后薏姑永远不能再讲话,只能重复她刚刚听到的声音,不过既然她那么喜欢重复话,她可以重复别人所说的最后一句话。这个惩罚就像赫拉把她变成鹦鹉一样可怕。薏姑很羞耻就躲在树林里不敢见人。

那西塞斯是个头发像黄金一般黄,眼睛像天空一般蓝的少年——在希腊这是件奇事,因为大部分希腊人皮肤都很黑,他时常在薏姑躲的林中打猎。当薏姑从洞里或树后胆怯地窥视外面时,她时常看见那西塞斯,很爱慕他。一天,那西塞斯在林里跟他的朋友分手了,突然他听到树叶里有沙沙的声音,他就叫"谁在这里?"

"这里,"薏姑回答。

"是我,来了。"那西塞斯说。

"我来了,"薏姑说,也就跑出树后。

那西塞斯看到出来的并不是他期待的朋友而是一个陌生人,他很惊讶,就很快地走了。

从此以后薏姑没有再露面也不让任何人看到,慢慢地她就消失了,只剩下她的声音。

许多年在山间尤其是深洞里都能听到这种声音。猎人们独自在山里走时都能听到,有时候甚至模仿狗叫,有时候则重复猎人叫的后面几个字。它总是带着神奇忧伤的声音,似乎要使孤独的地方更孤单。[1]

---

① 神话原文节自中英对照《古希腊神话》,折鸿雁编译,西北工业大学出版社 1999 年版。

关于那西塞斯，有两个版本。如果拿到二十年代神话学学者普洛普那里，两个版本根本不算啥，人那会儿把所有的民间故事都归在一张表里，就像一本语法书一样，挑几个元素组合排列一下，就是一个神话，而且还能像交响乐一样分四声部，总之，没有读不到的，只有想不到的。

那西塞斯的两个现代意义，一个是水仙，一个是自恋癖。版本甲和乙都说到了水仙，但成因不同，一个是喜欢自己的妹妹，一个是误认了水中倒影。前者可能是早期希腊氏族对近亲婚姻制度的一种潜在恐惧。原始人类为保持族群的纯洁性，常在族内嫁娶，而排除近亲婚姻，尤其是年纪相仿的兄弟姐妹间的性关系，是原始人类走向氏族文明的关键。早期希腊氏族的一个社会义务就是在本族内不得通婚，那西塞斯神话为这种无意识的自然选择提供了归纳法的注脚和戒律。沿着姻亲制度进步的线索，版本乙固然可以理解为对族内不通婚义务的进一步解释，即自我封闭与族群繁殖的矛盾，但我更愿意通俗地理解为恋爱的因果报应论，回声女神爱他，但他不睬人家，那么好，你也总有这一天，而且让你痛不欲生的，是你自己。

版本甲和乙都是好剧本，要是按照好莱坞的脾气，一个是前传，一个是正集。两个合起来，加上点心理分析初步，就是一部符合美国人胃口的言情喜剧，类似《我为玛丽狂》等。按照欧洲人的思路，肯定要重一点。从人物性格和结局看，《大路》最接近。费里尼刻意消减朱丽叶塔的智力，使之以条件反射直面残酷爱情，直至片尾化为民间小调，已神似回声女。再看卡拉克斯《新桥恋人》，新桥即回声的森林，相对封闭的空间，如黑洞般将周围的情感都收敛于内，不断反射冲撞，永不衰变却无出路，兼以性别重置，回声反串流浪汉德尼，朱丽叶比诺什扮成高傲的那西赛斯，终得酿成简洁恒久的美学能量，而神话原型功不可没。若执著于命题空间和摄影风格，围绕自恋和他恋的思考对基耶斯洛夫斯基想必有诱惑力，如《两生花》巴黎和华沙的维罗妮卡遥相感应，互为镜像，辅以冷战白热期的意识形态冲突背景，冷暖色调的间变，不正是神话的抽象现代版？或《爱情短片》中的窥视情境，后窗的双重景框，主客体的节奏性对换，亦是丰富那西塞斯母题的范式。

我喜欢回声女神，她爱得有禅意，禅的一种机变就在寓问于答，寓答于问，比如高僧之间的对喝，乍听上去像回音，其实里面或欣赏或不屑，或无所谓，深意无限。回声就是这样，人家说什么，她就跟着说，爱恨情仇都在那儿，坦坦荡荡，你自己分辨去。但是对于那西塞斯，我想应该是例外的，那时她的重复里只有一种绝对。所以她失去后，才会彻底归隐，只留下声音，好比现代社会恋人分手后，小姑娘希望不再见对方，但也总想对方留下一点关于她的纪念一样。她毕竟只是女孩而非高僧。

倒影与回声，古希腊人是归在一个故事里的，可见当时对声波与光波的共性已经有了懵懂的觉悟。精彩之处在于他们之间还有爱情纠葛，我这里看着就像安徒生童话一样浪漫，悲不可言，妙不可言。

Ⅳ

婚姻女神的婚外情

《维纳斯的诞生》,〔意〕波提切利,佛罗伦萨乌斐齐美术馆,1487 年。

阿芙洛狄忒小传

美神阿芙洛狄特诞生时的胜景，经佛罗伦萨派画家波提切利的油画名作已被称颂了几百年。在风神和春天神的簇拥下，阿芙洛狄特甫一登陆塞浦路斯便成了“至美”的象征。她优雅地立在贝壳上，瀑布般的长发撒在她优美的颈项以及白皙的胸脯上。此外，她十指纤纤，玫瑰般白嫩的双足更为她的美增添了迷人的高贵和典雅。当她第一次出现在奥林波斯山上时，她纤细匀称的身段不仅赢得了众神狂热的崇拜，还招致了众女神发疯般的妒忌。从某种意义上来说，她才是挑起特洛伊战争的祸首。因其无与伦比的魅力，她被选为爱与婚姻之神。为了激起宇宙间万物心中的爱，使人、兽以及动植物能够繁衍，她乘着由麻雀、鸽子或是天鹅驾驭的车子到处游逛。当然，爱是一把双刃剑，博爱和滥情之间的界限对于爱神本人都显得如此微妙。她对丈夫赫菲斯托斯一向不忠。有一次，当她与战神玛尔斯躺在一起时，她的丈夫用网捉住了她。随后，他恶作剧地把他们俩一同放在了众神面前。她心肠好又有责任心，随时准备着去帮助那些遇到麻烦的情侣们。她爱阿多尼斯，又赋予石像盖拉蒂以生命。在竞赛中，她还帮过年轻的希波梅弥斯。

阿芙洛狄忒(维纳斯)是远古天父乌拉诺斯的一块肉化成的,出生时即已成年。论辈分,她是宙斯的姑姑。按说她的条件,号称神界第一美女,早该嫁了。可是这位要求也实在是高,挑来挑去挑到荷马时代,男朋友一大把,老公没见着,就这么剩下了。剩就剩了吧,再多玩几年呗,她也不着急。可姑姑不急急侄子,宙斯一合计,在神界,四百多岁还没嫁,不知道的还以为你有病呢,所谓人言可畏,不能再拖了。一天宙斯私下找她谈心,大意是:阿芙,你要是实在找不到合适的,就将就做我的小八吧。当时阿芙洛狄忒的反应谁也没看见,反正这次谈话之后没几天,第一美女就跟号称神界第一丑男加瘸子的铁匠神赫菲斯托斯结婚了。

关于这桩婚事,历史上比较有力的记载只有《荷马史诗》，也有其他记载说阿芙最后嫁的不是丑男，而是战神玛尔斯。我这里以荷马为准。但是其动机，坊间众说纷纭。版本一说阿芙为躲避宙斯。版本二说宙斯蹚钉子后，恼羞成怒，回去和老婆一商量，把美女强配给了丑男。版本三是谈心之后阿芙心情不好，酒喝多了，铁匠乘醉霸王硬上弓，把生米煮成了熟饭。版本四是美女真急了，看铁匠老实，能好好给她个名分，有手艺省装修费，搁家里还省心，就闪婚了一把。

之后的事情就有点像我们明末的情色小说，最典型的例子就是《金瓶梅》。据说罗马神话在希腊神话的基础上，增加了不少偷情的细节描写。总之婚姻之神阿芙的婚姻生活不是很和谐，婚外生活倒是风生水起。比如爱神厄洛斯（丘比特）是她和战神偷情的结果这一点，各种说

潘和阿芙洛狄忒

法还是比较统一的。

实际上阿芙内心真爱的是美男阿多尼斯，千百年来无数艺术佳作都曾以这对恋人为主题。从情感角度，她的行为是可以理解的。且不论她的婚姻是否强迫，就算不强迫，婚后发现了更好的，动了心也不足为怪。就好比现在的一些美女，婚后听说原本各方面都不如她的闺蜜，突然找到个钻石王老五，而她自己却冒失嫁了个工人，不平衡的。问题是，在古希腊的社会结构里，女人是完全没有地位的，比如在当时最强最民主的雅典城邦，人口二十万，公民只有二三万，都是男人，论话语权，女人和奴隶是一个档次的。在这样男尊女卑的社会，讲故事的人把这种不忠放到神界，是针砭时弊，是鼓动女权，还是伦理教化，那就是看官的见仁见智了。

V

疯癫的雕像

《皮格马里翁与雕像》,〔英〕琼斯。

皮格马里翁小传

塞浦路斯民风放荡。国王皮格马里翁不爱本岛女子，独爱自己塑造的象牙少女雕像，称之为盖拉蒂。每天他都给她穿上金紫长袍，拥抱它、亲吻它，但是它始终是一尊雕像。于是他来到阿芙洛狄忒的神殿寻求帮助，深情地祷告，祈求这位女神赐给他一位如同盖拉蒂一样举止优雅的妻子。回家后，他径直来到雕像旁。就在他凝视它的时候，雕像开始有了变化。它的脸颊开始呈现出微弱的血色，它的眼睛释放出光芒，它的唇轻轻开启，现出甜蜜的微笑。

盖拉蒂走向他的时候，皮格马里翁站在那儿，说不出话来。她单纯、温柔、充满活力，不久屋子里响起她银铃般悦耳的声音。他的雕塑成了他的妻子。

荷马时代是西方文艺的儿童期，人们对于美的崇拜是狂热的，美即真是当时文艺界的绝对真理。在他们心中，塞浦路斯岛是美神的诞生地，也是大量艺术品的发源地。其中一个原因是塞浦路斯接近欧亚交界，遥远，无法考证，所以距离产生了美。

通常人们把皮格马里翁的故事理解为一个人只要对艺术对象有着执著的追求精神，便会发生艺术感应。用到教育心理术语上，则成了一种正面激励使对象获得期望结果的效应。历史上衍生的文艺作品很多，比如木偶匹诺曹的故事或萧伯纳的《窈窕淑女》。在费里尼的电影《卡萨诺瓦》中，主人公也爱上了一个会跳舞的电动娃娃。

但是后来有了库布里克的《闪灵》和蒂姆·伯顿的《剪

刀手爱德华》。前者对执著精神在艺术家心理上产生的效果表示怀疑,后者则认为作品成型后将受到世俗社会的挑战,视角基本上是悲观的。我认同库布里克的思路,实际上雕像根本没变成真人,而是雕塑家疯了,产生了幻觉。这是很多艺术家的通病,现实中最典型的是凡·高,这里不赘述。最相似的则是费里尼,他拍完《大路》后,爱上了女主演朱莉耶特,并与之偕老。他晚期亦受幻觉的困扰,眼前常出现丰乳肥臀的女人,因此我们才有幸看到《八部半》的诞生。

如果按照蒂姆·伯顿的想法,雕塑盖拉蒂活过来以后,受到宫廷氛围和人际关系的排斥,无法与皮格马里翁真正生活在一起,未尝不是一个合理的现代式结局。而古希腊人的结局看似完美,潜意识里则隐藏了一种主客观叙述的变换,只要把神话原文的后半段(祷告之后的事)变成雕塑家的主观叙述,调子就完全是另一种了。这种隐藏的恐慌,和前述现代结局的辩证,对照之下,两个时代的叙事心理跨度可见一斑。

Ⅵ

心理之秤

《凯里斯特与宙斯》,〔法国〕布歇,普希金博物馆,1744 年。

凯里斯特小传

凯里斯特原是月神阿尔特弥斯的追随者。与宙斯育有一子,即后来的阿卡狄亚人的祖先阿卡斯。宙斯的不忠引起了赫拉的怀疑和报复。一天凯里斯特忽然间发现自己变成了一只大熊,长着恶魔般的嘴巴和充血的眼睛。但她还留着一颗人的心。她很快离开儿子去森林中藏身,但途中母子失散。

数年后小阿卡斯在猎人的养育下长成了一个小伙子。阿卡斯在森林里打猎。偶遇卡里斯托,母亲认出了自己的儿子,忘了自己是熊身的她身不由己地向他跑了过去。而惊恐万分的猎手则将梭镖瞄准逐渐逼近的大熊,准备向它飞扑过去。在这一刹那,阿卡斯的生父宙斯出现,制止了这种愚蠢的行为。原来宙斯直到近来才发现心爱的情人的踪迹。他一直暗中保护她,使她免遭危险的伤害。这时,他将儿子变成一只小熊。将母子二人送上天空。直至今日,他们还在那里。他们就是人们熟知的两个星座——大小熊星座。

不知是荷马说得太早，还是拉康说得太迟，三千年后的镜像理论似乎非常适合诠释希腊神话的星座情结。拉康把幼儿到“成年人”的心理发展轨迹分为三个阶段：需求得以无条件满足的现实界，以幻象弥合缺失的想象界和欲望语言化的象征界。镜像阶段是婴儿在六至十八个月左右从想象界向象征界的过渡，区分自我与他者的必经之路。在此期间婴儿在镜（像）中发现并忍受母亲或他人的离开，从而对自我形成概念，并通过把玩物品复制分离过程，以此转移因分离而产生的心理不适。早期古希腊社会正是美索不达米亚文明的次生婴儿。由于新石器晚期西亚人向爱琴海北岸的大规模迁徙，他在文明之初便已跃过了所谓的现实界阶段，而进入了想象界。在人掌握了纯熟的叙事语言后，神话流传的首要任务,便是记录社会初步成型,言语活动发轫的镜像过程。在该时期中,古希腊人隐约意识到一个他者,却没有形成对于自身的完整概念,于是把星系误认为完美的社会结构,不时通过对照两者而辨识自我,因而产生了大量命名星座的神话。如果把神话文本看作一面镜子,那么镜面一边是懵懂的儿童期欧洲,另一边是星空。一如康德所说:天上的繁星,地上的良心。

其他的情节则稍稍超越了镜像理论,但没跳脱出精神分析的范畴。阿卡斯在变身前是无意识。表面看母亲的缺席没有给他带来痛苦,实际其欲望客体游移不定,不知所终甚至方向错误。在艾伦帕克的经典电影《戴维戈尔的一生》中,凯文史贝西(饰奥斯汀大学哲学系主任)引用拉康的论点,通俗地解释了这种欲望滑移的原因:“幻想必须超越现实,因为在你到手的那一刹那,你没办法也不会再想要它,为了继续存在,欲望的客体必须永远无法达成,你要的不是‘它’本身,而是对‘它’的幻想,欲望与疯狂幻想相辅相成。”阿卡斯不外如是,他的梭镖貌似指向猛兽,实则指着母亲,暗示现实阶段儿童因母子分离的痛并快乐而进入想象阶段。拉康会说这就是恋母的本我,梭镖是弗洛伊德外甥的线团游戏。如果是巴特,也许会说是能指箭头的具象。或者布尔迪厄主张过的话语。在梭标的飞行过程中,(希腊人的)宙斯/(弗洛伊德的)自我/(拉康的)石祖/(巴特的)语言中心/(布尔迪厄的)社会力场以暴制暴地阻止了一次无意识狂欢。好似镜像理论的象征界特征:欲望被语言异化,阿卡斯的梭镖受到了符号秩序的阉割,能指变成了词语,想象变成了象征,本我上升为超我,话语变成了元话语,人变成了熊,熊变成了星。

等等,回退一格。——人变成了熊?怎么会这样?难道不能熊变成人吗?难道阿卡斯母子就不能像个正常家庭在人间团聚吗?就算要当星星,也可以当一种比较帅的,何必是熊,而且是两头呢(大小熊星座)?我费了半天脑细胞,佐证的居然是如此别扭的结果。一定有地方不对。哪里?

神话回答:赫拉不对。在赫拉的阴影下,石祖崩溃了,秩序的阴面是伪父权,原始的母性快感。宙斯的逻辑是这样的:结束游离吧,回到我们的符号社会,我给你们高尚的身份,但你们不能做自己,得先变成其他东西,而这种东西的最大特征便是淫荡痴傻的动物本能。与伪秩序妥协,即意味着对超我的强调,本我的压制和自我的迷失。心理能量是守恒的,好比一杆秤,支点是自我,超我升得却高,本我便降得越低，自我所承受的负担越不均衡。而母性超我和原始本我的深层转换关系，在希区柯克的名片《精神病人》中被充分解读。片中人格分裂的男一号在母亲死后，一直无法独自面对超我制度的消失，于是将尸体藏在二楼卧室，并模仿其声音对自己的恶行进行压制。然而当他的恶无限制扩张，终于无法控制时，不得不将母亲的尸体转移到地下室，此时母性超我自然转化为淫荡的本我，其过程是如此的平滑流畅，只是通过一个俯视镜头，稍稍一摇，便掩盖了本来可能置剧情于死地，全片提前终结的冲突。然而这伎俩终究只是延宕了恶对我们的冲击，不能阻止恶的扩张，因此在剧终时，看到精神病人并未被正法，未被强制回归到符号社会，观众的心里只有余悸，我们对那个俯视镜头耿耿于怀，怨他欺骗了我们的眼睛，而没有一丝经典好莱坞电影一贯标榜的圆满感。但事实上，正是这一经典的欺骗支撑着这部影片的票房大卖，因为人心就是票房，最真实的结局，不在银幕上，而就在观众席中，人们的心里。

说到这里，我不得不想：连神族都面临精神矛盾，那么我们又怎样？——今日社会若为有机体，这杆心理之秤自然更加适用。就拿最基本的道德评价来说，善即超我，恶为本我，我们的意识形态机构常以扬善贬恶为己任，殊不知扬善过了头，等于扬恶。高尚者越高尚，卑微者必越卑微，庄子的“圣贤不死，大盗不止”说的就是这件事。比如每次在电视上看到表彰殉职的公职人员，为之大办丧事，甚至动用公权力，我都会想和平年代一个人死在岗位上，要么是由于他的同事中有人极不称职，要么是由于工作环境过于恶劣，总之绝非正面信号，不宜鼓吹，把精力直接花在贫困地区教育上也许效果会更好。再以人际关系为例，和谐即超我，疏离是本我。看看当下盛行的相亲节目和老娘舅节目，台上越来越热闹，越来越和谐，然而台下怎样大家都懂的。真正的自体，正在以惊人的速度繁殖着城市社交障碍和剩男剩女。夸张的花好月圆和仁厚孝悌固然有娱乐化和标榜风气的功能，而其所粉饰出来的错觉，对于真实平民生活的影响就一定是积极的吗？凡此种种，是不是社会心理畸变的症候？不知不觉中，我们会不会成为另一个阿卡斯熊？

彼时希腊人在误认之后，或许正是为维持三层我的平衡，才简单地加诸众神以弱点，求得缺陷美。时至今日，不仅当年蹙眉频顾镜中的西方文明早已宣告成年，连一度效仿它们的我们也正步入成熟。在这三千年里，虽然人文理论层出不穷，可我们始终无法对藏于暗处的赫拉作出解释。而神话的镜子依然矗立在那里，镜面的那一端是亘古未变的星空，只不过这一端的人，也许不应走得太急，以至丢失了灵魂，偶尔停步小歇，回头看看镜中的天空，分辨真正的自己，亦无妨。

Ⅶ

五色火神岛

《火神锻造宙斯权杖》,〔荷〕鲁本斯,普拉多美术馆,1636 年。

赫菲斯托斯小传

赫菲斯托斯是火神和金属锻冶之神。他制造了诸多极为重要的器具,例如赫利俄斯的马车,赫拉克勒斯的黄金胸甲、阿喀琉斯的盔甲与盾牌,宙斯的令牌与王座,阿耳忒弥斯与阿波罗的箭,赫利俄斯、狄俄尼索斯及其他诸神的黄金杯等。赫菲斯托斯给自己制作了金质的机械人雕像,它可以说话、思考来为赫菲斯托斯服务。他的童年并不幸福,宙斯和赫拉在争吵中拿他当出气筒,导致他从神界跌落至利姆诺斯岛,从此跛脚。

在布歇的名画《火神伏尔甘突然出现在维纳斯和战神马尔斯面前》中,愤怒的火神成功地将正在偷情的爱神和战神罗入金网。其丑陋,无奈和狡黠与情人的惊讶,迷惑,还有小爱神厄罗斯的幸灾乐祸形成鲜明的戏剧性气氛。

除了利姆诺斯岛与西西里岛之外,赫菲斯托斯还在雅典受到了崇拜。在雅典他的神庙“赫菲斯托斯尼翁”(Hephaesteion)中,有两尊塑像:赫菲斯托斯与雅典娜。为了纪念这两位神,雅典人举行名曰“赫菲斯托伊亚”或“考克亚”(Chalkeia)的火炬赛跑活动。

火神老赫[1]的罗马名叫伏尔甘(VULCAN),拉丁语“火山”的词源。听名字挺火爆,实际名不副实,其人属于希腊神系中的配角甚至龙套,影响力远没他的兄弟姐妹大,还被战神戴上过绿帽子。不过有趣的是,如果今天我们在雅典旅游,会发现所有的神庙中,保存得最完整的恰恰是火神庙。从多力克柱式建筑角度,或以相机取景框里的表现力来论,它那规模适中的三角尖顶和锥型柱,衬着夕阳余晖的剪影,相较于卫城的断壁残垣和宙斯神庙废梁立雪,自有一番情趣。

历来对希腊神话持中庸论的学者,常用德尔菲神庙门梁

① 指赫菲斯托斯。

上的箴言“适可而止(NOTHING IN EXCESS)”来说事。以现世眼光看,老赫才是适可而止的真正典范。本来在神族中,他就是个打铁的,被宙斯、雅典娜呼来喝去,当长工使唤,乌龟般过完半辈子,难得娶个美女老婆阿芙竟还出去偷人,放在中国,也就武大郎的遭遇跟他有一拼了。老百姓同情他,看他没有功劳也有苦劳,给他在雅典郊区盖了个蜗居(火神庙面积大概为宙斯神庙的四分之一,在卫城外,向北约五公里,外敌入侵它首当其冲),他也不挑,凑合住了,这一住就是两千多年。然而,在这两千年里,那些一度叱咤风云的亲戚的豪宅都遭到了毁灭性的破坏,比如他妹雅典娜在市中心的圣殿,先在罗马帝国后期被改成了天主教堂,插上了十字架,后天主教式微,被波斯人改为清真寺,侥幸没被贴蓝瓷砖,经过无数次盗窃蚕食后,又被土耳其人改为军火库,终于在威尼斯军队的围攻下被炮弹轰掉了半边。他老爸宙斯的独栋别墅也没好到哪去,就剩几根柱子,里面的神像家具大多散失海外,自己只能住博物馆橱窗了。我们常唏嘘天灾面前人类的渺小,殊不知雅典卫城和宙斯神庙的精妙结构在两千多年里成功抵御了不知多少次的地震海啸,本来完全可以屹立至今,却最终因为没扛住意识形态冲突,成了现在我们看到的法式奶酪状。反过来看看老赫,正吃着火锅唱着歌,在自己的山居小屋避世呢(残余在卫城和宙斯神庙中的雕像都被移至卫城博物馆,火神像至今仍安放在庙中,由于规模小采光好,前后通透,里面的多数物品可以从殿外看见)。

国人推崇宁静致远至今,我在雅典一圈逛下来,看到火神庙,才如释重负:原来你也在这里。

火山是老赫的象征,传说火山喷发就是他开炉鼓风造成的。在爱琴海区域,我们最熟悉的活火山恐怕就是圣托里尼,它基本上是国内所有希腊旅行团的必经之地。而当下主流的游记攻略,使多数游客都填塞在该岛商业气氛浓重的市

雅典火神庙

井小巷里，能不踩到别人的脚跟已属不易，遑论火神曾享受的避世宁静了。不过，人多脚杂不代表不能曲径通幽，在此我权以亲身体验，提供一天一路的风土，供大家采撷，并向这位无为神致敬。

从上空俯瞰，圣托里尼大体分两块，一块是中间锥形的火山灰沉淀，当地人称火神岛(VOLCANO)，另一块是岩浆遇水后凝固，围起来的半圈火山口，称锡拉(THIRA)，是游客的主要去处。这半圈火山口不完全对称，一头大一头小，浪漫者觉得像半月，小资者觉得似羊角面包，我是现实主义，倒觉得有点像挂钩上的火腿，烟熏火燎后涂了卤料的。陈平朱介曾有美文说圣岛斑斓："岩壁一层赭红，一层黪黑，一层艳紫"。只是这里的烟熏火燎，在一片天光海色的辉映下，有了透亮，有了动感，渐变自然精致许多，亦如上好火腿生发出的醇味，让人感叹词意的不足：赭红黪黑艳紫怎么够？好色者若朱天文到此，兴之所至，一定会大肆堆砌《荒人手记》里的颜色周期表吧，红：硫红，烟红，煤红，沙红，湿红，烤虾红，山灰红，谷鞘红，岩浆红，锡拉红，缇拉米苏红……或者蓝：水蓝，潮蓝，蜡蓝，透蓝，闲蓝，鱼鳞蓝，海豚蓝，料峭蓝，琉璃蓝，圆顶蓝，爱琴蓝，克里特蓝，弥诺斯蓝，希腊漆蓝……至于其他诸色，我就不续貂了，反正和眼睛看到的比，怎样都是不够。

上岛第三天，我和一景驱车自火腿小端——西北部奥亚村（OIA）出发向南。前两日的旅程并未让我兴奋，大半是因为在伊斯坦堡吃烤肉坏了肠胃，元气未复，玩起来不尽兴。另外初来乍到，循规蹈矩地游览热门景点，总有媚俗感。比如《国家地理》封面推荐的圣马利亚教堂，在当地蓝顶教堂中属泛泛之作，规模且小，格局无明显特色，不是必游之处，我们却如旅行团般巴巴绕路找了半天，见到了不过“噢”一声，风里面拍几张照片，还苛求和明信片一模一样，好似完成了一桩寻宝任务，心里落下几分无趣。再好比说国人追捧的爱琴海最美日落，我们的住处即在旁边，两天里每到晚七点出头就往村子西边的观景台赶，不巧都是多云，没看到太阳落在海平面，倒是遇见无数情侣和我们一样，千里春意付诸海风，目送太阳藏进云后。更有各国旅行团安排专门行程，下午早早自岛中部赶来，挤挤攘攘占好了位置，最后败兴而归。于是悟到：落日这件事情，与恋爱一样可遇不可求，不论在中国还是希腊，无心碰见即浪漫，精心策划着去看，反而不美。

然而天不遂人愿，人自能长久。情侣们看不到日落，相拥转头向东，观景台对面便是奥亚标志性的风车，夕阳余晖隔着云洒过去，白色变金黄，前景中蓝底十字旗呼啦飘起，竟成一道景。在圣岛，情意毕竟是情意，可以因云而灭，也能随风而起。想象到的，多半碰不到，而碰到的，多半胜于想象。

既然如此，不如扔掉攻略，像刘若英唱的，随便乱走吧。

前夜微雨，地面还蒙着青湿。车开出村口，加十多元油。不远处似有亚洲情侣在等公交车，停下问是否乘车，果然是同乡，要去港口。

情侣是浙江人，男的外派欧洲，女的留守国内，每年来欧洲探亲旅行，岁月静好。一路上看够了春色，聊起几天来的见闻，他们说在去火神岛温泉的船上，亲见一美国小伙自恃善泳，没热身就跳入水中导致抽筋溺亡。又推荐去红沙滩和克里特岛的哈尼亚港。我们感慨善泳者溺，又笑说世事轮回，来圣岛前已去过克里特，不巧遇到弥诺斯迷宫闭馆，那时也是一对大陆情侣，在复活节那天把我们顺道带到了哈尼亚。以前看侯孝贤电影，比如《恋恋风尘》，总想，人若是顺世事，聚散可以不落痕迹，我这里聚散则是应了风景，不外如此，乡土气却又比其他的更饱满，满到仿佛可以让车更快，景更好。

港口告别后，我们在地图上找去红沙滩的路，发现半途标着一座小丘，就在安培洛村（EMPORIO）边，上有古风车阵，决定先去那里。

伊拉克利翁港口

山路一车宽，也只有一车在山路上，清静得充满神秘感，仿佛开路的人设计好了你在上山时必碰不到其他人。路两边排列几座岗哨似的风车，像堂吉诃德的巨人，砖墙斑驳霉灰是盔甲，转轴直直指着天空，风叶已经卸去，是剑。若远远从海那边乍看过来，又像炮台。一说弥诺斯文明不爱战争，克里特岛上鲜有城堡，圣岛是否也承克里特遗风，不筑防御工事而是以风车阵来震慑海上？那就不得而知了。而最近千百年来圣岛经历的天灾，倒几乎都写在风车武士熏蒸发黑的残甲上。我时常怀疑那些在圣岛开业的希腊人，每年都要在这里待几个月，会不会担心火山喷发？有刀口上舔血的味道，毕竟最近一次大喷发就在五十年前。转念一想，也许是市面繁华给了他们安稳，或他们才有真正青铜时代的悲壮，游客尚在此，即使发生什么,一同见证也是好的。

再一想也对,何须武器,火神本身就是最大的震慑。三千五百年前,弥诺斯人在克里特上经营安乐窝,却不想终有一朝圣托里尼喷发,万年一遇,一代文明灰飞烟灭。佛经说万劫不复,弥诺斯这一劫,大概把未来我们要承受的九九九九次都抵了,才有圣岛现世的热闹。

登顶后,惊见一白色小教堂,对门一户小院,铁栏门半开,墙边爬藤半掩,黄色毛茛星星点点,里面传出儿童嬉闹声。这家主人好兴致,竟不辞荒僻住在圣岛南端制高点,独家享用一间钟楼教堂。我们常说面朝大海,他是光人不够,连生活,信仰都要朝着海的。

我们不好意思打扰。只在教堂附近小憩,矮墙上有缺口,人若坐进去,圣岛南岸尽收眼底。海岸凸凸兀兀,绿野红沙,白漆民居夹杂其间,后面风车林立,一派田园气象。这里不比费拉镇旧港,要时时给人让位取景,如果有落日,想来也不比奥亚差。我本来身体对风极为敏感,不过美景治病,拢一拢围巾,就对这山风加海风不感冒了。我甚至多少体会到别墅主人的心境:人生登临至此,就算火山喷发又怎样?

下山路上,一景第一次开车,一边是风车山墙,一边是悬崖大海,我禁止她踩油门,过山车一路弯弯曲曲趟下去,倒也像模像样。到平地后我们笑说圣岛驾校正式开张。

圣托里尼风车

走段冤枉路找到红沙滩。它地处偏远,不过因为名气大,游客不少。整个海湾月牙形,约仅七八百米。沙粒粗大,形状像小煤块,有些红色的中间镂孔,有些白色像贝壳质。沙滩边几块红岩,攀爬起来好像在巨型煤球上,一时海水拍上来,晶莹剔透,色彩冲突得轰轰烈烈。前面潮水里一对恋人架起单反,摆了几百个铺势[①]。一景赤脚淌潮。我不能游泳,读书晒了会儿太阳,捡几块梨型小石揣在兜里,回国后放在雅典买的神庙烛台里,竟像一套的。

傍晚回费拉,在尼古拉餐馆吃饭,照理我因病不能吃油腻,前 大到这里只点鱼汤,一个头发花白的服务生信誓日

---

① 英语 pose,即姿势。

旦说:此道菜绝对没问题。于是尝试吃酱虾,果然美味又易消化,因此又来。老服务生见到我笑问:今天好些吗?我昨天听他和顾客讲意语和西语,便用法语点了一碗豌豆汤,他也能懂,倒是诧异我说法语。一景点了西红柿烤肉,问他会多少种语言,他答:全部。

饭后在堤边咖啡馆小坐,下港口还车等船,一天下来,油表刚好回原位。

船午夜离港,我在甲板上看对面灯火,四下只有潮声,仿佛替我们告别了这三天的喧嚣和静寥。而圣岛的喧嚣与宁静,就如同将它的浮华建立在一朝毁灭的悖论上,花开堪折直须折,是因为对于神的敬畏,人们才把华丽发挥到极致,可以不至于在神怒时遗憾。甲板那边,黑暗中的火神岛宛如金字塔,隐隐蛰伏在海平面上。火神老赫给自己三千年时间炼不坏金身,给我们三千年时间咏春意喧嚷,才有今天的圣托里尼,有今天的西方文明。可花不迷人,人岂能自迷,他又以自己的经验告诉我们,终究喧嚷是相对,宁静是绝对,喧嚷是外延,宁静是内涵,喧嚷是暂时,宁静才是永恒。

Ⅷ

洪水造英雄

《大洪水》,〔英国〕约翰 · 马丁,耶鲁大学画廊,1834 年。

洪水小记

据说人间共有过四个时代,在最初黄金时代,人们的生活像是在伊甸园里的样子。人类像神似的生活,免于忧愁,也免于疾病。但是到了他们年寿将尽的时候,在他们睡眠中死亡自会到来,他们便平安地过去了。

这一代的人过去之后,来了白银时代,这比起上一时代来,在体质和精神上都有点欠高尚了。之后的第三个时代,叫做青铜时代,人们凶狠而强武。他们建造青铜的房屋,制作青铜的甲胄和兵器,用了青铜的器具耕地,因为那时还没有铁。这一族的人彼此打仗,都死在他们自己的手里。

青铜期末代,人类的贪婪残忍越发不可收拾,公理与法律不再受到尊重。宙斯不喜人的罪恶,招来波塞冬助他消灭人类。大地很快被史无前例的洪水吞没,唯独一对老夫妻幸存下来。他们是丢卡里翁和皮拉,丈夫是先知普罗米修斯的儿子,得到父亲的警告而事先有了准备。洪水汹涌而来时,他们躲藏在事先制好的巨型箱子中,漂泊了九天,最终到了帕纳萨斯山。

洪水退去后,大地苍凉。老夫妻深感孤独和危险,向神祈求帮助。神启示他们将母亲的遗骨抛向四周,他们立即领悟了这个神秘指示的隐义,开始将石头抛向身后。男人抛的变成了男人,女人抛的变成了女人。从此人类复兴,英雄时代来临。

如果说阿凡达是银河系最牛钉子户，那么宙斯就是史上最强强拆队员。他和《犹太经》《圣经》还有《可兰经》里的神有着共同的奋斗纲领，那就是消除人间的丑恶，建设完美世界。要是他们哪天一高兴合作，组团下凡拆迁，那一两百个潘多拉星都是不够的。从动机来看，还是我们中国的神比较厚道。《山海经》说洪水是由于共工和颛顼争权，触到不周山引起的。虽然也拆，但没给受害者留下心理阴影，没把赃栽到老百姓头上。可别小看这层阴影，实际上它的意义一直延续到了今天，比方说我认识的多数西方人，都还中毒颇深，觉得自己生来是有罪的，而大多数善良的中国人则只认为权力是很有杀伤力的。

所以说，我们中国人看西方洪水神话，心理素质非常重要。其实要不想有后遗症,也简单——只要把它当作一本强拆史来看就成。看多了,洪水就成了拆迁,拆迁就成了神话。比如说十年前我听到拆迁,就跟听到洪水无异,是背井离乡的象征,后来发现周围固然有人拆到了很远的地区,生活不便,不过也有人因此大赚一票,翻身变富翁的,于是渐渐地对拆迁神往起来。庄子说:君子中道而立,能者从之。拆迁和洪水,都曾是绷在人心头的一支箭,这支箭是毁坏也是美好理想的开端,至于射出去有多远,生存还是毁灭,是君子们各自的道,神没义务帮你们。

这么一想,宙斯就亲切多了。至少在大动荡来临时,我可以先不顾忌善恶问题,因为只要生存下来,就一定是美好的,而且是一步登天的。用一个莫须有的伦理谴责,去换一个新天地,这样的机会成本,不论对于统治者还是平民,都合算。禅宗《碧岩录》语:若立一尘,家国兴盛,野老颦蹙。意思是说,要变革,就不能太在乎下层人民的暂时牺牲,这点牺牲在变革之后,可以加倍补偿的。比如明朝最暴也是最英明的皇帝朱棣,在起兵夺位前担心人民反对,问谋臣姚广孝,姚答:臣知天道,何论民意。这一无视就无视出一代明成祖来。又比方说前一阵市政府曾为世博道路建设带来的"阵痛"向市民道歉。不知他们是否调查过今年比往年增加了多少土方车,至今多少人是因为增加的土方车而丧命。也许数据间不能建立精确的联系,但是同时列出两个增加量,让大家有个感性认识也好。因为这阵痛实在太厉害,痛得产妇直叫,医生直问:保大还是保小。相关部门说:保小的,大的我已经打过招呼,她会理解的,只要小的好,她在下面也会开心的。类似的对白即使在美国灾难电影《2012》里,也仍以各种形式反复出现,比如老富翁为救儿了而坠崖一场,可见其感染力。

作为老百姓的考虑,应该是另一个角度的。2008 年四川地震后,一些基督教的朋友认为灾民们应该反省自身,敬畏上帝。我当时不以为然,可以在吃饭扫地间传达的道理,没必要用人命去换。后来到灾区,我发现对至高理念的感知固然重要,但无论经历怎样的事件,每天还是在吃饭扫地上花的时间最多。真诚精致地吃一顿饭,其反省效果大可作为祈祷或忏悔的补充。再看看海地,这是个天主教国家,死那么多人,信仰肯定会有危机。就算虔诚如《圣经》里的约伯,在受到神意挑战时,亦会动摇,何况草民?丢卡里翁在存亡之际,也许反省过自己的罪恶,但那毕竟只是瞬间的念头。如果神是为了清洗罪恶而发难,那么剩下的人怎样存在,则是更远期考虑的事情。我们和神考虑的问题不可能一样,唯一不变的，是我们的日常需要。按照现象学的观点，现象即存在本身，直达现象，是要把经验悬置起来的。对于老百姓来说，各种意识形态体系就是经验。无论受了何等灾难，论起悔过，在于思考，更在于我们每天十几个小时的起居里，宗教的，政治的，学术的经验，权且无视也好，不管也罢。于是像明成祖一样，无视出一个时代来，因为日常修行只会使我们原先执有的宗教的，政治的，学术的理想更加坚强，那即是洪水过后的时代被称为英雄时代的理由，那里一无所有，可只要生在其中，每个人都是英雄。

故事的起因和影响虽不同，但不论是古希腊的丢卡利翁夫妇，还是我们的伏羲女娲，拯救的方法是一样的：一男一女事先得到线报，造了一个封闭的浮体幸存下来，成为人类始祖。这种逻辑是王权制度和唯心一元论的典型产物，现代人的思维则科学民主得多。比如《2012》里，线报变成了地质研究，得救人数变成了上百万，新祖先成了一个社群而不是个体（当然，美国人陶醉之余，也没忘记拉他最大的贸易兄弟一把：方舟是咱中国人造的）。神话辅助统治的功能没变，只不过说法好听了。然而正如洪水对于宙斯和人类的意义分别不同一般，老百姓也有自己的神话，那就是能把所有用来统治他们的工具日常化、草根化，变成玩具，如同丢卡里翁夫妇丢石为人一样。如果说他们有罪，这罪充其量在于游戏强势者的精神，至于这是否亦是今天我国诸多钉子户对于行政当局的另一番意义，那就不在我们的考虑范畴内了。

Ⅸ

月光爱人

《恩底弥翁的永睡》,〔法国〕吉罗代,卢浮宫,1791 年。

恩底弥翁小传

恩底弥翁是位风度翩翩的青年牧羊人,他在小亚细亚的拉塔莫斯山牧羊。他住在一幽静明媚的山谷中,过着无忧无虑的日子。有时,当羊群在四周茂盛的草地上逍遥自在地吃草时,他就在草地上沉睡,丝毫不受人世间悲伤与忧虑的侵扰。

一个皓月当空的夜晚,当阿尔特弥斯驾着马车穿越天空时,无意中看到一位漂亮青年正在下面静谧的山谷中睡觉。她芳心荡漾,对他充满爱慕之情。她从月亮马车中滑翔而下,匆忙而深情地偷吻了一下他的脸,甚至当熟睡中的恩底弥翁睁开双眼看到仙女时,也有点神魂颠倒。但眼前的一切很快消失,以致他误认为这是一场梦幻。每天夜间,阿尔特弥斯都从空中飘下偷吻熟睡中的牧羊人。然而女神偶尔一次的失职引起了主神宙斯的注意。众神与人类之父决定永远清除人间对女神的诱惑。他将恩底弥翁召到身边令他作出选择:任何形式的死亡,或者在永远的梦幻中青春永在。牧羊人选择了后者。他仍睡在拉塔莫斯山上。每晚月亮女神怀着悲哀的心情看望他,吻他。①

① 摘自中英对照《古希腊神话》,折鸿雁编译,西北工业大学出版社,1999年版。

《恩底弥翁的永睡》是十八世纪法国画家吉罗代的名作，巴尔扎克在短篇小说《萨拉辛》中提到过它。罗兰·巴特在他的解构主义文论《S/Z》中，用符码系统分析了这篇小说，并赋予了该画一个双重倒转的意义：首先是生理两性的倒转，即女性月神为主动，男性牧羊人为被动；其次是贯穿小说的阉割的两项的倒转，其中女人是阉割者，男人是被阉割者。进而喻示文本的主动态，读者的被动态和意义的被阉割状态。早期巴特认为作者死了，但读者尚有权对文本进行写作。到了晚期，写作也死了，意义是没有的，读者只是永远睡着的恩底弥翁，遭受文本的调戏。

虽然节选的神话原文不能算作典型的文本，但是为纪念这位独特的“哲学艺术家”逝世三十周年，我试着套用他的方法来分析该文。

(1) 恩底弥翁

该题目唤起一个问题:恩底弥翁何所指? 一个普通人? 神? 魔? 该问题在正文第一句便开始解答,直至文末,诸如此类以不同方法表述问题,酝酿,延迟解答问题的单位,称阐释符码(阐释符码:迷1:问题)。

该名称按惯例提示一个男性名称,这类符码是文本时时引及的诸多知识或智能符码之一,称文化符码(文化符码:古希腊姓名学)。

(2) 恩底弥翁是位风度翩翩的青年牧羊人,他在小亚细亚的拉塔莫斯山牧羊。

解答主人公的身份,住地(阐释符码:迷1:身份)。

小亚细亚是地理名词,也是风景优美和母文化的象征,此类符码是一个含蓄意指的所指,称为意素(意素:优美)。

(3) 他住在一幽静明媚的山谷中,过着无忧无虑的日子。有时,当羊群在四周茂盛的草地上逍遥自在地吃草时,他就在草地上沉睡,丝毫不受人世间悲伤与忧虑的侵扰。

沉睡一词连接相反两项(A/B),此类符码称象征符码(象征符码:对照:睡时的宁静 / 俗世的纷扰)

此处预报的持续状态(丝毫不受……)业已隐含某一可使其终止的事件,该类序列隐含了人类行为的某种逻辑,称情节符码(情节符码:“丝毫不受”:完美地,持久地)。

(4) 一个皓月当空的夜晚,当阿尔特弥斯驾着马车穿越天空时,无意中看到一位漂亮青年正在下面静谧的山谷中睡觉。

阿尔特弥斯是月神(文化符码:希腊诸神姓名)。

情节符码:“看到”:爱的介入

象征符码:对照:A:宁静。

(5) 她芳心荡漾,对他充满爱慕之情。她从月亮马车中滑翔而下,匆忙而深情地偷吻了一下他的脸,甚至当熟睡中的恩底弥翁睁开双眼看到仙女时,也有点神魂颠倒。

象征符码:对照:B:干扰。

情节符码:“睁开”:受扰。

意素:爱

(6) 但眼前的一切很快消失,以致他误认为这是一场梦幻。

象征符码:对照:A:宁静。

情节符码:“误认”:回复。

(7) 每天夜间,阿尔特弥斯都从空中飘下偷吻熟睡中的牧羊人。

象征符码:对照:A/B:宁静/干扰。

(8) 然而女神偶尔一次的失职引起了主神宙斯的注意。众神与人类之父决定永远清除人间对女神的诱惑。

阐释符码:迷 2:清除。

情节符码:“决定”:权力的介入

文化符码:众神与人类之父:希腊神话人物学

(9) 他将恩底弥翁召到身边令他作出选择:任何形式的死亡;或者在永远的梦幻中青春永在。

阐释符码:迷 2:选择命题。

情节符码:“选择”:走向毁灭。

(10) 牧羊人选择了后者。他仍睡在拉塔莫斯山上。每晚月亮女神怀着悲哀的心情看望他,吻他。

象征符码:对照:A:宁静。

意素:爱。

阐释符码:迷 1:永睡者。

这种方法乍看像我们语文课的逐句分析,巴特固然不会如此肤浅和局限,但通过以上拆解,我至少可以把这段神话看作一段节奏明快,含义简单的小品,主题是:人世的宁静/

神界的浮躁,或人世的爱(美)/神界的权力(丑)的倒置。

罗兰·巴特于1980年死于自密特朗宴会返家路上的车祸,他的人类学导师,二十世纪最后的人文大师列维·斯特劳斯,也于去年十月离世。我始终不能想象我曾有幸和这些人活在同一个人间。离列维最近的时候,我们之间的距离只有几层楼梯。在这个喧嚣时代,对于大部分人来说,也许他们的走来和离开仿佛月光般,只是一种不必要的宁静,然而他们的学说,正像神话叙述者为读者选择的结局是永睡而不是毁灭,在经历了六八风暴和后工业阉割,学术与政治倒置之后,沉沉睡去却永葆青春。

X

先知的后尘

《卡桑德拉》,〔英国〕德摩根,1898 年。

特洛伊战争中出现了两个悲剧性的预言家,其一是著名群雕作品刻画的拉奥孔,另一个便是特洛伊公主卡桑德拉。她的能力来自阿波罗,后者对卡桑德拉求爱未成,便给了她预言的能力,且恶毒地诅咒她的话没人会信。

卡桑德拉的心中充满了悲伤。尽管她眼含热泪地请求人们,用自己宝贵的名誉做担保,人们也还是不相信她。如果说以往她作出预言的时候,人们虽不相信,但终究顾及她是公主,所以只是对她进行嘲笑。但对于特洛伊之战的预言,人们不仅不相信她,还认为她是个会给特洛伊城带来厄运的巫女。甚至连她的父亲,特洛伊城的老国王也认为她会扰乱人心,下令把仍然在王宫外固执地传播预言的女儿带回王宫软禁起来。

不被人们相信的卡桑德拉无能为力地看着特洛伊毁于早已被她预言过的战争,看着她的嫂子们被作为战利品带走。

她自己也被作为最有价值的战利品赠给了联军的最高统帅,她没有像别的女人那样哭泣,而是平静地接受了这个事实。因为她知道当她被带到另一个王宫时,她的生命将终止。

把安哲罗普洛斯写在这里，是件技术活，因为这位活着的希腊国宝几乎陪我度过了整个后青春期，且他本人就是解构神话的高手，扛着他往古希腊神谱上靠，既有撞中枪口之嫌，又有选择太多之忧。十年前我恰同学少年，生理上火力正壮，心理上渴望特立独行，装逼如装蒜，看大师赛看三级，具体表现之一就是在一篇关于《永恒一日》的影评中，把老头子比作戴眼镜的苦力西西弗斯。后来大了几岁，在经历了文青成长阶段必经的信仰和政治立场挫折后，即消费无限接近中产，消遣无限接近中庸的刹那，还是安氏放出的那句被中国影迷广泛引用的厥词"希腊人是在抚摩和亲吻那些死石头中长大的，我一直努力把那些神话从至高的位置上降下来，用于表现人民"，一把将我从耸文化至低的茅坑边拉了过去，令我后怕，唏嘘天堂与地狱仅一片之隔。于是我惊之为天人，甚至惊之为弓，我且是鸟。恨不得把他锁在高加索的金笼子里养着。貌似神性与之最接近的，莫过于先知普洛米修斯。这种仰视状态持续了好一阵，其间又几经学术和经济磨难，荷尔蒙泌腺和审美价值同步螺旋老化，大致修到了看三级如看大师的境界，仍一路死撑着领略了他从高峰渐行渐远的各类片子，不论毁誉，不论一直仰着是否会累出颈椎病，总把他当宗师供，仿佛只要其象征意义大于美学意义，我的趣味脉搏就能一路在形下之上和形上之下摆动。可是以崇拜来维持品位，好比在沪深指数五千点位满仓大盘股，对于没有底气的散户，总归不靠谱，不是长久之计。晃晃悠悠到了上周，终于 hold 不住了。就在希腊宣布可能退出欧元区，欧元大跌千点，经济欧盟面临历史最大危机的当口，大陆另一端的某蜗居里，一个中国前伪小资分成了两段，在一场大觉的前后看完了安老的近作《时光之尘》。而这次是真失落了，真心失落以致自甘堕落了。堕落之余，尚且不忘安慰自己：时光手纸有没有擦干净历史我不知道，让人的创造力蒙尘倒是肯定的。那么些年后，我和他，我们都老了，老得足以感叹，人在江湖身不由己，出来混迟早要耸的。既然相望江湖而不得，不如相忘于江湖，放他老老实实拍好莱坞类型片，放我老老实实看美剧吧。这位当今希腊举全国之力,在小资群中除了二线奢侈品 FOLLI FOLIE 之外,唯一拿得出手,且杀伤力最大的一块现代艺术招牌,已不再是苦苦支撑的文化行者,更非舍身弘法的电影佛陀,甚至连给文艺中年们壮阳的资格都待考了。危机中的安氏胶片,充其量不过是一卷与欧元一样迷茫的通货,既无力冲抵威权当局的话语赤字,又不够偿还众安"卫兵"所持的图腾债券。何况,现实不仅杀人,还要诛心,无常的全球规则正在将这位七旬老翁的生命力连同他的现代主义身份一并蚕噬。今天,如果一定要封之为先知,那他至多是集悖论和虚无于一身的卡桑德拉,因为此前,他任何的美妙诗句都会遭到先验地怀疑,而《时光之尘》则是他第一条彻底秀逗,却被人确信的预言。

一次看日本人访谈安氏,惊讶于他全程竟操法语对答,那时已处盛名之下的他,几乎毫不掩饰自己法系教育的背景。事实上,其早期投资规模不亚于好莱坞 B 级片的大部分影片,资金主要来源皆为法国,只不过资方对于艺术的宽容,使他充分营造的本土情调掩盖了其全球化的野心。这种与民族市场矛盾的倾向,于 1995 年的《尤利西斯的凝视》中初露端倪,彼时在巴尔干寻根,尚能以家乡话对白的美籍男一号,虽属异类,毕竟仍在多元文化的局内。而时隔十余年,成败萧何，同样的倾向在欧洲市场全面式微后上马的《时》片中被无限放大，一向偏安西南欧和周四学生院线常客的安氏，亦可能迫于资方压力，在扩大受众群的路子上，表现出了前所未有的热情。光是男女主角的选用，美国老油条威廉叔混搭瑞士小电影女神雅各布婶，就已摆出了大小通吃的架势，不想连字幕，台词也连根带拔，全盘英语，颇有好好一个厨师不看菜谱，看起兵法的味道。尽管我对安老在日常生活中讲法语已不感冒，可是要奋力想象一位毕生浸淫于拉丁语系的导演，晚年竟妄图用生硬的日耳曼系语言去攻克英美评论这一点，还是会跌掉几副眼镜和隐形眼镜。地球人都知道，失去舌音及联诵的英语词汇里能像"XENITIS（放逐者）"或"ALAFLORIOUSKUTOS（迷乱的）"那样给人间离合节奏感的音节组大概只有"POLYTETRAFLUOROETHENE（聚四氟乙烯）"一类的技术术语。在前文提到的访谈中，安氏对日本人解释《永恒一日》男主角对词语的执著：失去一个词，就失去一条路。显然在《时》片中，大师为找到更宽的路，将独门绝技发挥到了物极必反的地步，因此我们既难感觉到《永恒一日》中词汇的铿锵，也无法欣赏《尤利西斯的凝视》中诗句的绵延，更在他曾擅长，且一度铺成其忧郁延宕风格的开场诗句部分，率先失落了语言和影像的协调。

古典音乐理论有个基本常识,即曲子的第一音和第一节,会给全局定调。安老深谙此道,在《时》片中就有这样一段:男一号威廉听完钢琴手试奏的舞曲《与河共舞》,自己降半调弹了一节,并示意节奏应当放缓,以获得忧郁效果。该段是安氏艺术理念的具象写照,道理同样适用于文字与影像。他全盛期作品中那些开场诗,多少成功地承担着中国话本中定场诗的功能。而当此手法在《时》片开场因语音选择收效甚微时,倒给了老粉丝们一种反常的期待感,所谓欲扬先抑,似乎在余下的影片时间里,安老会拿出超出前作的亮点来平衡失误。果不其然,假如艺术可以论斤计,那他还真没辜负我们。他一股脑拿出了全部家底——音乐,戏剧,边界,流浪,追随,忘年情……试图将其所有曾被遗忘的预言毕于《时光》一役。然而,与其说他是在力挽狂澜,不如说更像是在常年不顺,一朝获得两千五百万欧元制片预算的形势下,无法保持宗师应有的范儿,抓紧时间玩命了。

卡桑德拉曾向每一个遇到的人神经质地重复特洛伊城将毁于战争的预言。而《时光》中的安氏要比重复姐唠叨得多。不幸的是,后者忽视了电影跟模块化编程或三段论的基本差别:A +B 是艺术,B +C 是艺术,不代表 A +C 或 A +B +C 也是艺术。一旦忧郁的低吟变成了机械地堆砌和排列组合，那么他曾引以为傲的诗意便只能在失控的自我指涉中不断哗变（或更精神分析地说：滑变），最终沦为干枯的文本目录。一如影片开头，男主角 A 观看旧胶片《斯大林阅兵》，通过声效衔接至前苏联特米尔陶的镜头转换，自然让人联想到《尤利西斯的凝视》的第一个段落，同样是希腊裔美国导演 A 提到的三卷老胶片。不同的是，亚纳西斯拍摄的希腊第一部影片《1905 年的纺织工人》，其承载的文化和美学统一，在《时》片中消退为仅作为单纯记忆链接和强意识形态象征的功能符号，充当了向男主角父母偶遇场景的过渡。相应的，理念衰退反射到剪辑技术上，表现为《尤》片的同一段落，一个堪称安氏商标的镜头内蒙太奇——1954 年亚纳西斯之死与 90 年代 A 回到故乡在同一镜头内的平移，在《时》中则成了数次在当代意大利与前苏联时空之间的粗糙跳切。当然，若我们不执著于意义结构，仅退至想象的自由度层次，一并沦陷的还有最为粉丝乐道的经典安氏符号——火车，那节在《雾中风景》里充满个体宿命和追寻矛盾的车厢不复存在，只有阴暗的冷战气氛和谍中谍般的身份叠加。而所有内容和形式的平面化，似乎都在隐约宣告一位现代主义者的后现代妥协：用深度的消减迁就好莱坞观众的观影习惯。

同样的消减在之后的段落不断发生：前苏联难民从匈牙利越境至奥地利，卫兵高呼1974年新年快乐，大家跳舞相庆。令人扼腕的是，本可以着力渲染的画面被男二号大段苍白近于自恋的话语陈述所占，几乎淡出个鸟来。对白本来不是安氏的强项，何况希腊人口中的英语对白？要知道，大师以前可不是养鸟的。类似场景在《鹳鸟踟蹰》中曾是上校单脚立在边境线的终极一问：跨出这一步，是异域？还是死亡？在《尤利西斯凝视》中则是够资格编入任何电影教科书的家族新年舞会，一场不折不扣的“历史调度”，镜头内时间从四十五年跨至五十年，整段不切，仅通过家人祝辞的差异来连接。前后并置之下，贫乏与深远，冗赘与流变，一较立显。

然而安老毕竟是安老，练了五十年，就算在创作最低谷，也总能拨出几弦余音，叫人不那么快地睡着。在几段平庸的铺陈之后，本片的招牌出现：在名为《嫉妒》的歌剧背景中，与前妻争吵后的A站在一堆破碎的电视机中，近景后拉并上升为俯视全景，地板上天使追逐乌托邦之翼。这一基本贯彻了安氏“象征性元素有一种从单一叙述的局限性中逃脱出来的意义”（转自诸葛沂《安哲罗普洛斯的影像世界》）精神的镜头，加上西伯利亚教堂的一场雕像群及地铁站的一场三人相拥起舞的360度旋转镜头，可算《时》片数得出的几个开放点。可是,后现代语境自我指涉的力场覆盖在这几个硕果仅存的引力子周围,有《流浪艺人》秘密警察抓捕克律索忒弥斯(CHRISSOTHEMIS)时,比伯格曼更伯格曼的空镜头,《鹳鸟踟蹰》开场扑面而来的巨型空中石手,《雾中风景》的姐弟在雪中飞奔,时间为静止,及《永恒一日》的公交车乐队等无数经典在前,我们再怎么努力也挣脱不出叙述的局限性了。更不用说片尾居然还有个一老一少憨态可掬,可与韩剧比萌的雪景场面。

上世纪初法国诗人巴什拉(BACHELARDIAN)构造出"卡桑德拉情结"一词,影评人博尼采(BONITZER)曾用来描述希区柯克悬疑的叙事本源:通过一些技巧或其他手段预示一场灾难性事变将影响片中角色的生活,并假定他们自己毫不知情(《希区柯克的悬疑》)。此情结虽与安氏的叙事技法没有直接关系,却恰恰适用其本人的理念进程。自《赛瑟岛之旅》,安氏成功地从现实主义的政治寓言转向现代主义的原型演绎,从诠释客体转向主体,而《时光之尘》的存在,仅通过单点采样比较,就足以令我怀疑安氏是否会像拉康派曾强加给希区柯克的三个阶段般,甚至跟哥的趣味历程一样,被迫转向后现代主义的自我消费,变成美国叔和瑞士婶的二人转。如果在希区柯克作品的每一阶段中,占统治地位的主体类型和资本主义的三个发展阶段即自由资本主义,帝国主义式国家资本主义,晚期资本主义的主体形式一致,是否也可以说,安氏电影以《塞瑟岛之旅》,《永恒一日》至《悲伤草原》为分野,同样可以分成现实界,想象界和象征界三个阶段(三阶段的大致定义见《心理之秤》一文)?在这一个体/社会的重合三角架构里,卡桑德拉因阉割阿波罗而获得的预言能力/安氏因反对独裁所解构的神话,曾作为母性快感的突入作用在实在界与想象界,不断地通过往复运动提示缺席的存在。问题是,在想象界和象征界之间,指示父亲(卡桑德拉的?安氏的?)无能而流转的交换客体又为何物?齐泽克说后现代阐释的目标在于使平淡无奇的事物陌生化,虽然《时》片极有可能是安氏的最后一部长片(我很怀疑他有精力完成所谓《希腊三部曲》的最后一部,据说故事主要发生地为纽约,"希腊三部曲"这一命题作文的抬头本身,就已经够可笑的)。但阐释对于安氏电影的未来,还是太多了,其作品沿《时》的方向无疑将最终走向无客体也无主体,即隐藏诠释。唯一的悬疑则是对于卡桑德拉曾预言的"灾难性事变"或"大他者"的发现,而这早已不是当代电影导演们的义务了。

(成文后三个月,安哲罗普洛斯意外辞世。)

附：胡说电影之《永恒的一天》

——当辰星思念地球，停止转动，她就会浮上海面。只一小会儿，一切都会静止，包括时间。

——什么是时间?

——爷爷说，那是一个小孩，在海边玩沙包。

永恒竟如此简单。

安哲罗普洛斯的电影就像他本人一样细娑而内敛。多年的远行中，这个爱在海边唠叨的老头总是独自追赶着远方雾气里的深邃风景，似乎漂泊和孤独注定会成为他此生的答案。然而有一天，他终于想歇歇脚了。于是就在潮水回到脚边的那一刻，他转过头，默默地拓下自己留在沙滩上的脚印，并将它们冷冷地，连同那无限的时间絮语和残酷的生命图景，摆放在我们面前。

民族崩溃的本源是人性的崩溃。当邻国流浪儿被穷凶极恶的警察追逐，被猥琐不堪的流氓贩卖时，希腊，欧洲文化曾经的神明之地，向我们宣告着那辽远古老的神明只不过是时间孩子为人类上演的一出恶作剧。数百年文明的辉煌在数百年被殖民的耻辱和一个世纪的政治动荡中消耗殆尽，宙斯的子民来来回回地迁徙、征战、杀戮和控诉。人与神同时消失了。他们在神权前的踌躇自远古的众神崇拜开始，不会终结在多元文化的社会中，也无法皈依在宗教洁净中。而当他们需要神时，却发现，召唤，这个一度成为他们生活的动作，已变得无比艰难。也许老亚历山大打开了车门，也许他从美国养父母手中救出了流浪儿，可他更试图拯救的，是这个和他一样暮暮残年的民族。他只有一天的时间。一天，能不能变成永恒？以人性对抗时间，谁会赢？

撒谎，因为不愿失去言语。老亚历山大宁愿用音乐和陌生人做最后的告别，也不告诉女儿病痛的真相。他把所有的真实都留给了回忆，将医院幻化为一次美丽的旅行。在人们眼中，明天、诗句和信中的美丽时光依然是他的。可他的回忆，既非普鲁斯特的无名忧伤，也非托纳多雷的浪漫情怀。那只是安老头特有的对话方式。它让爱情如蝴蝶般飞舞在亚历山大苍老身体的周围，翩翩萦绕又无可琢磨。它使海洋，一处容纳了古城、港口、欢歌和离愁的湛蓝世界，成为亚历山大的倾诉对象，充当着永恒的代言人。漂泊中的爱会更美丽，但它无法将蝴蝶固定成标本。在这个简单悖论延伸出的永恒困惑中，诗人试图寻回自己，却陷入更深的怀疑。诗句回来了，安娜离开了。面朝大海，他将再次为她带回字句——可是她在哪里？这样的承诺又能挽回多少？孤独使言语令人心酸，而回忆，则只不过是一阙别处的舞曲，一张空落的餐桌，一颗酸楚的镇痛片。

用告别祭奠相聚。流浪儿将同伴的遗物作为自己成人式的图腾，边界是他们挥之不去的梦魇。在车窗后，一个异乡的孩子看着他的同伴像狗一样被国家机器追捕——双重画框的真实展出，即便是恶魔也会为之动容的景象。神用时间来拆解宇宙，而人们用边界拆解自己。争斗者们画地为牢，以国家的名义撕咬不已，以自我的名义摒斥他人，荒谬仍在延续。唯一让孩子感到欣快的，是和诗人交换词句的那一刻，可即使是这种自由，对于前面扑朔的命运来说，也只是一瞬间的抚慰。他从雪山走向海洋，重新开始亚历山大的漂泊。他曾目睹人间的悲苦，并将继续体验，直至衰老得开始美好回忆的那一天。就像盲人渴望看见而又知道黑夜是无穷尽的一样[①]，他清楚地认识到，命运并不在自己手里，他必须前行，一旦他停下来，更大的悲苦就会降临。漂泊，至少在某种意义上，意味着另一种自由。

短暂的救赎，然后遥相守望。诗人和孩子的相互指认

① 引自加缪《西西弗神话》

更多地表征着安老头在出卖和交换的全球环境下对人性或文化归属的思索，此时，凝缩在两者身上的对立意象已不再互为冲突，而是本能地融合在一起，为诗的行进构筑了另一重张力。诗人困惑，孩子恐惧，当他们逃离边境，重返旅途时，他们的眼神却同样充满新鲜但又留恋。生命在生命终止时开始，宽大的车厢成为他们的第一道风景：启程、停靠、音乐、诗歌、恋爱、失恋、激进、超脱、轮回，还有除了窗外那个简单稳定不断前行的黄色三角形之外，一切都会戛然而止。

诗一般的戛然而止。安老头终究是宽容的，他将戛然而止变成了一种叙述形式，并将这种形式转化为内容。他无意浪费我们的智力，也不愿为给我们提供空泛的辩护和合理性而延宕叙事进程。事实上他或许没有什么最终目的，因为它们根本无法达成。如果我们相信这是一个关于回忆的寓言，那么我们的眼睛一定会被时间所遮蔽；如果我们相信它是关于时间的神话，那么时间却已无情的逝去。我们的焦虑和期待使我们无法找到答案，那种统一的解释根本不存在。而当限度成为被叙述的对象时，限度本身便值得怀疑。在这样的怀疑之中，这位戴着大黑眼镜的西西弗斯更愿意给我们讲一个包含一切的空白故事，用失落答案的悲哀来抚平我们的无名焦虑和虚妄期待。

——当辰星思念地球,停止转动,她就会浮上海面。

（写于二〇〇三年十月）

XI
离子

《宙斯与伊俄》,〔意〕柯勒乔,维也纳美术史博物馆,1531 年。

伊俄小传

宙斯觊觎彼拉斯齐人的公主伊俄,用云雾将她劫掠到手,而好事为赫拉所阻。仓促间宙斯将情人化为一头雪白的小母牛,假意赠给妻子。赫拉不依不饶,将母牛交给百眼怪阿尔戈斯看管,嘱咐他不断变换牧场,使宙斯难以找到。宙斯不忍姑娘受苦,召赫尔墨斯救她。赫尔墨斯用笛音催眠怪兽后,砍下了它的头。伊俄重获自由,但赫拉心有余恨,让一只牛虻不停叮咬母牛。伊俄被牛虻追逐,逃遍了世界各地。宙斯怜悯之情更甚,向赫拉立誓求情,终于感化赫拉将伊俄恢复人形。恢复了美人形象后,伊俄为避祸南渡埃及,成为埃及之主,又为宙斯生子厄帕福斯。在她死后,埃及人为她建立庙宇,把她当作神来崇拜,即伊西斯神。

网上常有一些正室炫耀自己如何痛击小三的帖子，伊俄的故事基本上可以归于此类。不同的是，这里的小三不那么可恨，就跟海藻一样是被迫的。多年以来，我们对于小三的集体意识，正如对于有些腐败事物的态度一样，从喊打，到默认，再到美化，经历的是一个由点到面的认知进化历程。从社会心理学角度来说，对一个独立个体的感情，放到由同样性质的多个个体组成的群体上，可能就淡化很多。张爱玲说因为懂得，所以慈悲，大概就是这意思。

古希腊人是懂得男人心的，所以主神可以有十几个情人几十个孩子。文艺复兴时期意大利画家高雷其奥的油画《伊俄》中，宙斯被刻画成一团云雾的形状，正应了那句话：像雾像雨又像风，就是不像人。如果说宙斯包二奶，那么他肯定也贪污受贿。别的不说，接受百姓的献祭就是一种，而且是合法的。发展到后来，见过了大市面，对祭品也挑剔起来，往往百姓一不小心送错了东西，就会引发战乱或灾害。当然，场面上呼风唤雨归呼风唤雨，私底下对于小三，总是一往情深的，虽然不能就地扶正，但能拉一把的时候决不放手，也是这票人的亮点。比如现任法国总统尼古拉·萨科奇，他是我所知道的当今能成功扶正小三的权力最大的人物，从这一点来看，他比宙斯仗义。

神话的后半段是越狱和公路题材的混合物。伊俄在贼

雅典宙斯庙

神的帮助下逃离束缚，偷渡到埃及，发现这个国度里的人信仰不同，没有引渡条例，于是就定居了下来。英文中离子 ION 一词就来源于这一出，她的名字还被用于命名木星最亮的卫星木卫一（木星被冠以罗马神朱庇特之名，等同希腊神话的宙斯，其卫星皆以宙斯情人命名，如木卫四，就是前文所述的熊母卡里斯特）。在今天的地图上看，她从土耳其入海后，并没直接去往埃及，而是先绕希腊半岛航行了一段，再经伊奥尼亚海南下到北非。如果不是因为迷路的话，那么这样曲折的路线就只能表明一种情感：乡愁。

原文说“伊俄在十分悲痛之中穿越了海峡”，这点我很能理解。她好好一个黄花闺女，以被正室发现并受尽侮辱的小三的身份，离家去国，赖昌星也不过如此，真的是很悲痛的。然而她的结局应该比老赖好，老赖在海那边混了十年，子孙没见多，存款倒一年一年耗在官司上。伊俄毕竟是有神女风范的，到对岸当了王后，博到了名分，享受到了家庭的快乐，可谓实至名归。

（成文次年，赖昌星引渡回国。）

Ⅻ

爱比死更冷

《塞姬复活》,〔意〕卡诺瓦,卢浮宫,1632 年。

厄洛斯小传

爱神厄洛斯即罗马神话中的丘比特。他常以裸体小男童的面貌示人。他展开一对闪闪发光的翅膀,在空中漫游。他恶作剧的射出令人震颤的神箭,唤起爱的激情。给自然界带来生机,授予万物繁衍的能力。这位可爱而又淘气的小精灵有两种神箭:加快爱情产生的金头神箭和中止爱情的铅头神箭。虽然他的箭有时是盲目的,但没有任何人或神能逃过他的恶作剧。一次他误中自身,疯狂爱上了人间少女塞姬,以至于他不顾母亲的反对,鼓起勇气请求众神的公判。

厄洛斯被公认为是战神阿利斯和美神阿芙洛狄特的儿子，也有少数人认为是赫尔默斯和阿芙的儿子，理由是他常表现为是一个喜欢恶作剧的小孩，其吊儿郎当的习性跟赫尔默斯是一脉相传的。但是，把顽童与美女塞姬安在一起，发生我们现在所谓的畸恋，恐怕非古希腊人的想象力所及。我在罗马竞技场的侧廊里看过一个以“厄洛斯”为题的展览，其中绝大多数雕塑都展现出一个男性青年的面貌，表现出西方人对爱欲之神的主流认识。这些男性青年头戴金盔，背展翅膀，手持弓箭顶立在竞技场宽广的空间里，俨然一个角斗士，正好成为阿利斯说的注脚。也只有这样一个男人的形象，才能使人相信他和塞姬之间“《大话西游》”般的事迹。

厄洛斯被自己的箭头误伤而爱上塞姬，然后女主角也被箭扎中爱上了男一号,这种桥段比较牵强,跟我们的《牡丹亭》或《西厢记》比差远了。重点是,后来塞姬倒追厄洛斯的过程,倒是怎一情字了得,其轰轰烈烈的程度词源学可以提供充分证明。英文“精神病人”一词,PSYCHOPATH,词尾-PATH 源自希腊语 PATHOS,表示“受难者”,词根PSYCHO-“灵魂,神智”便来自希腊语塞姬(PSYCHE),可见当时小姑娘找男人找得都神经了。这种场面在几乎同一时代的中国也有记载,比如《诗经·周南》中的《汝坟》说:遵彼汝坟,伐其条肄,既见君子,不我遐弃。看到这首诗,我脑袋里就出现了一个花容惨淡的女人的画面,她沿河而下,一路跌跌撞撞,披荆斩棘,一旦找到丈夫就再也不想分离。既见君子,不我遐弃,这不是塞姬又是谁?

其实说起来,塞姬的这点苦都来自于她婆婆。当初阿芙觉得塞姬的美对她构成了威胁,派小厄去搞臭她,没想到偷鸡不成蚀把米,把儿子也搭上了。她咽不下这口恶气,不择手段折磨准媳妇。要不是惊动了冥后帕斯芬尼出面斡旋,要不是天后赫拉也当了把老娘舅,塞姬真不知道要熬到什么时候。

当然,爱情故事总需要皆大欢喜的结局。“神智”公主和“爱欲”王子生了个孩子叫“愉悦”,一家人幸福地生活在奥林匹斯山。虽然故事没有完全解决厄洛斯的身世问题,但有一点是毋庸置疑的,那就是无论爱神是小孩,还是斗士,手里都永远拿着弓箭。也许古希腊人只不过想告诉我们:爱情的伟大,在于战斗。

XIII

神一样的小丑

《赫尔墨斯》，罗马国立博物馆，2 世纪。

赫尔墨斯小传

赫尔墨斯降生不到几小时，就离开摇篮开始恶作剧。他偷走了阿波罗的牛，还将树枝绑在牛尾上，抹除蹄印。阿波罗发现失牛，恼怒不已，质问赫尔墨斯，却举不出实据，只得将他拖到奥林匹斯山上，寻求宙斯的判决。为平息争端，小贼神投其兄所好，将他用乌龟壳做的竖琴送给阿波罗。阿波罗得了礼物，自然息怒，还送给兄弟一支魔棍，这支魔棍可以化解敌对力量。

赫尔墨斯时常充当众神的传令官，他们给他一双带飞翼的草鞋和帽子，让他可以在宙斯和人间传递消息。他还是行人的保护神，十字路口或街角都有他的半身像和肖像，作为独特的标记看护过往路人。这些雕像被赋予了神圣性，任何毁坏雕像的行为都被认为是渎神，要处极刑。赫尔墨斯的信徒逐渐形成了教派，后来成为古希腊哲学和宗教的重要分支。由于政治或信仰冲突，历史上曾记载过一次人们在雅典大规模破坏"赫马义"雕像的事件，从而改变了雅典历史发展的全部进程。

赫尔墨斯是诸神中头衔最多的一个，他是贼神，路神，信使，商业神，睡眠之神，文学和数学之神等等。也是公认的繁殖力象征，古代希腊和罗马人常在十字路口供着一种叫赫马义的雕像（界碑），这种雕像只刻画赫尔墨斯的头部和生殖器，其余部分皆为方形或圆柱形。

赫尔墨斯在现代也要比他的兄弟姐妹更有生命力，更亲民。大到当今希腊邮政局的标志，就采用了象征赫尔墨斯的飞翼小帽。小至我身边有很多人，尤其是女生，对他的崇拜，当然这和他的繁殖力无关，而主要是因为一种叫“爱玛士”的奢侈品。

照理说，“爱玛士”这个译名比“赫尔墨斯”更形象，但是在获得商业成功的同时，也丧失了词语的渊源，多少没了些滋味。人的姓名世界很奇妙。比如电影的发明者卢米艾尔兄弟,拉丁语和法语卢米艾尔意为“光”。还有拓扑学宗师的姓,庞嘉莱,在法语中为“点与方形”的谐音,就好像祖先早就设计好他们的职业路线。爱玛士的创始人赫尔墨斯就是如此,他是十九世纪的皮革马具之王,为让人类跑得更快更舒服作出了巨大贡献,发展到今天全球各大机场都设有以他命名的免税店,算是比较对得起他这个罕见的拉丁姓了。

希腊神话如果没有赫尔墨斯,情节就会平淡很多。他的角色类型有点像京昆的丑角或俏皮花旦,不按常理出牌,是跑腿兼插科打诨的,但要办好事情,没他不行。这一点很对我的胃口,他让我想起了我们可爱的警员。比方说前些天我的车在街上被土方车小刮了一下,对方逃逸了,我到交通队报案,警员暗示我抓人太小题大做,只要叫小区开个单车事故证明,就可以进保险,反正结果是一样的。我领会了他的意思之后,他还特地叮嘱了一句:我什么都没说过噢。又比方说一次在徐家汇坐公交 572 路,因车挤,有好事者欲从中门上车,未果,于是一屁股坐在地上,一只脚从外跨在门里阻止发车,并自称是从车上摔下的。满车乘客谴责都无济于事。警员来了后,不先取证,不先疏导交通,而是扣留司机,要求百余乘客换乘下一班。对于乘客质问,他只说了一句:

“我们上海人嘛，让让他们。”生生把一件简单的阻碍公共交通案转化成地域矛盾，引起满车哗然。当事人自称摔下，没有人证，举证义务在他本人，即使有医疗诊断书或探头录像，也属他与公交公司间的民事纠纷，警员的功能是存证，而不是帮助举证。另一方面，警员亲眼见到其恶劣行为，已有阻碍交通的嫌疑，属刑事范围，应对此行为及时进行干预。但他们非但没有把这种行为纳入刑事范围，而且将矛头转向了另一方，导致严重的公共影响。乘客们虽然愤恨，但从程序上来说也无可厚非，于是只得在被阻半小时后，换乘另一辆车。

我欣赏他们的办事方式，简洁明了，虽然不合法，但也不违法，绝对的中国特色。他们像赫尔墨斯一样无处不在，十字路口尤其多。只要老百姓一声令下，他们随时准备打擦边球。但是，我也有些担心，因为在一个号称法制的社会里，如果连执法者都要靠打擦边球来办事，那么老百姓的生态状况就可想而知了。

XIV

海豚湾

《赫尔克勒斯》,卡比托利欧博物馆,2 世纪。

赫尔克勒斯小传

希腊神话中的大英雄，即罗马神话中的赫丘利。宙斯和亚耳克美那（阿尔克墨涅）的儿子。他神勇无敌，完成了十二项英雄业绩。此外，他还加了阿耳戈远征觅取金羊毛，解救普罗米修斯等。有关他英勇无畏敢于斗争的神话历来是文艺家们乐于表现的主题。在现代语中，赫尔克勒斯成了大力士的同义词。

赫尔克勒斯是屠杀动物的鼻祖。他出生时，赫拉因为妒忌派了两条巨蟒去除掉他，结果直接被还不会说话的小赫当成了压力球玩。小时了了，成年后更无法无天。我们很熟的大侦探波罗，名字就叫赫尔克勒斯。阿加沙克里斯蒂曾为这位她最得意的主人公写过十二个短篇，分别映射希腊英雄的十二件神圣事迹。其中涉及虐待动物的有：掐了喀泰龙的狮子；捏死了莫涅亚的狮子；斩了尔柰的九头蛇；伤了柯吕尼特斯的鹿；捉了厄尔曼托斯的野猪；杀了肯特洛斯的马人们；射了斯廷法勒斯的鸟。光他杀的有名有姓的大型哺乳动物就已经够一个西郊公园的了，其余抓牛拉马宰螃蟹之流的事更不计其数。要是当年有动物保护组织的话，他家门前一定会插满各类抗议口号。

如果说他杀的都是凶猛型动物，那倒算了，让人不爽的是，他连跟他处于食物链同一级上，又聪明又好客的马人也都杀了，实在是有点说不过去。实际上目前流行的十二件事迹说基本都不提这一出，或者只是一笔带过，但有些老的版本还是有详细记载，比如周作人翻的阿波多罗斯版。我估计大家忽略此事的原因主要是因为血案当天的现场比较混乱，也比较血腥，要不是某史诗作家猫在房上偷窥且没晕血，真相恐怕早就失传了。据目击者称，一开始是小赫在马人村吃饭，要喝马人族的藏酒，他的朋友福洛斯（也是马人）劝他不要喝，不然被发现的话有麻烦，小赫不听，硬开了酒罐，香味被其他马人闻到，上门问罪，双方言语不和打了起来，小赫杀红了眼，把马人们全杀了，最后连福洛斯也被误杀。真是罪过。

再如果说小赫在犯下大错之后悔过自新了，改吃素了，那么也算了。问题是他灭了马人之后，当即马不停蹄地又杀了一头野猪和一群鸟，还说自己杀的都是害虫，这就太可恶了。这种卑劣的行为，十个动物保护协会也是白给，除非《海豚湾》剧组出马，才勉强镇得住。

说到《海豚湾》，其中有一句理查德·贝瑞（OPS 老头）的旁白说：在古希腊，杀海豚和杀人同罪。显然这句话对小赫是不适用的。因为如果当时那个偷窥者手里有摄像机的话,小赫赤拳殴打一群马人和大地町渔民用渔叉叉一群海豚的场面,其残忍度完全有一拼,如果碰巧那个人的拍摄和剪辑技术又相当高超的话,拿个把奥斯卡奖绝对没问题。

我们看到了惊人的相似和矛盾。小赫是为了赎罪和神圣使命,日本人说自己是为了增加海产量,又说这件事承载着文化传统。他们为自己辩护的手段是一样的,但是由于叙述者的关系,结论却大相径庭:小赫成了永生的英雄,日本人成了反面教材。同样是虐待动物,凭啥?

于是这里是不是可以引出另一个问题:阿波多罗斯和理查德·贝瑞都是虚伪的,只有话语权才是真的?

我看完《海豚湾》,条件反射似的想到了两件事。第一件事:其中有多少场面是搬演的?第二件是周立波在搞交响乐时的一句笑话:雷锋做好事从不留名,不过全都记在日记里,不然我们现在怎么知道他做了那么多好事?同样的,海豚爷爷本来只想拍一个骂人的公益广告,却一不留神用了大量先进的间谍和电影技术,然后"被"奥斯卡了。

说实话,我不认为《海豚湾》是一部纪录片,而是一部类型片。就像我从不认为希腊神话是给小孩看的一样。能把纪录片拍成这样的,去拍《拆弹部队》绝对会比毕各罗的精彩。记录的态度是中立还是干涉，以美为本还是以人为本，一直是电影理论界的一件公案。布列松说：拍电影的人应是无意图的。日本人固然有其劣根性，但作为一个纪录片剧组，如此功利鲜明，在摄制前就知道自己要用这部片子做什么，那么至少在艺术上，他是不成功的。我完全可以想象，日本人用同样一个海湾拍出一部同样好看但观点相反的片子。好比我看小赫和荷马看小赫得到相反的人品一样，这样的对话，太无聊了。

我甚至可以想象这部片子里的意识形态冲突，下意识地隐藏着国家阴谋。虐待动物在任何一个时代，任何一个地区都有发生，至于哪个民族更残酷，则是个比较抽象的问题。因为抽象，所以有话语空间。别忘了就在几天前，我国各大媒体还在前赴后继地报导沈阳十一只东北虎被饿死的消息。请注意，是十一只。目前全世界东北虎的总数是九百只不到，两月内死了百分之一点几（看来虎年真是老虎的本命年），比起海豚的消失速度怎样？这要是被海豚爷爷知道了，不得直接开坦克进东三省？日本人几千只海豚换了个奥斯卡金人，那么我们的东北虎，或者韩国人的狗能换些什么？

如此看来，还是古希腊人比较实在，人家描写杀动物时，没把作为人类的优越感藏掖起来。另一方面，他们那会儿刚从早期的动物图腾走向众神崇拜,对动物的神性依然怀有敬畏。马人死是死了,但是是被小赫打死的,除了一桩故事之外,什么也没多。这就是人家的通透平衡。至少,以其他物种为借口,片面地攻击自己同类这种事,他们不认为是一种艺术成就。

XV

古希腊第一农民工

《惩罚》,〔西〕提香,普拉多美术馆,1548 年。

西西弗斯的苦难

神祇们处罚西西弗斯，叫他不停地把一块巨石推上山顶去，由于它本身的重量，巨石又从山顶上滚下来。他们是有一些理由认为没有更可怕的处罚超过从事徒劳无功和毫无希望的工作。

假使我们相信荷马，西西弗斯就是一个最聪明和最谨慎的凡人了。然而，根据另一个传说，他却喜欢干强盗这一行业。我认为这并没有什么矛盾。意见的分歧却在于他为什么被罚在冥间做这种徒劳无功的工作。先是，他冒犯了神祇，他偷去了他们的秘密。河神伊索柏斯的女儿爱琴娜被天神丘比特掳去了，她的父亲焦急万分，就把这事向西西弗斯述说。西西弗斯知道内情，愿意说出爱琴娜失踪的真实情形，但是，附有一个条件，那就是请求伊索柏斯给柯林斯城堡一个水源。他宁愿要取水的恩惠而不要天上的雷霆。因此，他就在下界受罚。荷马说西西弗斯曾用铁链锁住了死神，冥王普罗图无法忍受他王国中这种寂寞的景象，就派战神去把死神从她征服者的手中解放出来。[①]

① 节自加缪论文《荒谬的自由》，闫正坤译，江苏文艺出版社 2011 版。

西西弗斯本是古希腊第一农民，他为了自己的庄稼地四季都有河流灌溉而不被划成工业开发区，不惜得罪当局。上访不成遭受陷害之后，被迫离开家乡去所谓的魔都卖苦力，成为第一民工。跟我们认识的大部分民工一样，他一直处在一个悖论中，他的希望，既不在山顶，也不在山下，只在路上，但正是在路上他才承受着最大的痛苦。甚至他本身就是一个悖论，浑身都冒着王宝强式的小聪明和董存瑞式的悲壮，时时做一些小动作试图改变现实，可最终被发去堵命运的枪眼。诚如加缪所说：西西弗斯是一个荒谬的英雄，他的热情之多一如他的苦难之大。

就在几周之前，我对西西弗斯的热情又有了新的理解。那天我和朋友参观外滩美术馆开馆展，主题是《农民达芬奇》。顾名思义,展品都是出自农民(工)的工程和艺术杰作。四层楼的殖民风格建筑和偏厅里摆满了大大小小生锈或沾满鸟屎的飞行器和潜水艇,还有一艘十米长的航母。让我印象最深的是一个模仿抽象画家波拉克泼颜料作画的机器,这个机器炮制出来的作品竟直接在现场贩卖,开价二百元。这些展品的作者,或许根本不知道波拉克或莱特兄弟是谁,但无一例外仿佛发自本能地以最原始,最丑陋的方式表达着对技术美和艺术美的致敬,我在为这些蕴藏在社会底层的能量和矛盾所震动的同时,也不得不为他们的现实出路感到尴尬(当然,假设我们忽略策展人的真正努力和意图,因为这个展,毕竟不是为民工而开的,也不是为展示民工的才智而开的。事实上展品作者的处境,正是构成该艺术展的符号的重要部分)。

尴尬的是,今天我国的民工,仍走不出西西弗斯的困境。财富重分配十多年,一边是阶层分化和城乡差异扩大,另一边则是城市化加速,耕地迅速减少。无论在其中哪一场进程中,他们都是最终的输家。他们一直都像国家的屁股,是最有支撑力但在危急关头最容易被放弃的部分。而当他们正意识到自己的失败时,石头已经滚落,另一次进程又将开始。几天前我读到一篇文章,讨论近年农民工在与资本的博弈对局中，属于次要劳力，博弈力量接近零，以至工资增长速度大大低于城镇居民工资增长率，也低于人均国民收入的增长速度。在其结论中提出了三个解决要点：一是取消城乡户籍分类，消除民工进入首要劳力市场的壁垒。二是完善农村公共产品供给，让农民尽可能的留在家乡工作。三是完善农民工劳力市场管理。我认为该文的作者是有远见的，但在提出这些方案的同时，他也对我们说了一句潜台词：民工收入低增长的状况至少在十年内不会有质的改变。换句话说，他把自己放进了一系列悖论。

首先，他主张的最根本解决方案，即行政方案在逻辑上很难成立。改革户籍制度以后，将不再有城乡差异，也就是说没有农民与城镇居民之分，那么民工这一概念就不复存在了，何来增加民工收入增长率的命题？退一步说，即使命题成立，其现实意义是用消除民工的绝对数量甚至这一阶层来获得一个预期的统计数字，指向已远远超出经济问题和公共管理的范畴，更不用说在实施上的难度了。我可以肯定，如果现在马上启动这样的改革，非但改善不了民工的现状，还会给他们造成更多的麻烦。

至于另两个方案，貌似有短期可行性，实际上也只是西西弗斯的小伎俩。完善农村公共产品制度，是建立在农村城镇化工业化的基础上的，这只是在物质建设上重复第一个方案的悖论。而完善劳力市场管理的大背景，却是一个强资本弱劳力的劳力市场，恰巧劳动力价格优势，正是我国在世界经济舞台上立足之本，因此话语权仍在资本手里，这又是一个悖论。

这些悖论，在十年内，我们无法自上而下地解决。不客气地说，目前我知道的唯一能够增加民工收入的简单务实，且立竿见影的手段，是我的前外籍老板教我的，就是：让他们合法加班。

西西弗斯的班难道永远不会停？宙斯是这样认为的，因为他需要一个下层角色来显示他建立的世界秩序。我们也是这样认为的，因为我们站在山顶上，只看见一块巨石向我们缓缓移来，却看不到石头后面那个人的表情。然而我们改变不了的事情，或许只有寄希望于西西弗斯本身。一个能用废铜烂铁造出飞机，向波拉克叫板的群体。是不会甘于只有一种选择的。外滩美术馆的外墙上在展出的那些天刷着斗大的标语"农民让城市更美好"，虽然很美很天真，但绝不是句子的主人公的呼声，任何人在主观上都不会希望自己的流放地比家乡更美好。既然我们已经在艺术领域看到他们的热情，那么谁能担保没有一天他们在其他上层建筑领域显示出同样的热情呢？

XVI

型也不行

《达佛涅》

达佛涅小传

达佛涅是河神之女。她光艳照人,以至于有一天当她在深林里玩耍时,她的美深深迷住了偶然路过的太阳神阿波罗。后者惊异于世上还有比阳光更耀眼的容貌,感叹之余,立刻向仙女展开求爱攻势。但是太阳车的光芒使仙女害怕得飞跑起来,热情的阿波罗紧随其后,竭力叫喊让她止步,唯恐之后他们再也不会见面了。他们一前一后,之间酝酿着渴望与恐惧,怜惜与决绝,自然的野性与感知的神性混合的激情,越过旷野,飞度关山。太阳神一边追赶,一边恳求心爱的仙女放慢脚步。他害怕仙女在石道上跌倒会擦破她那闪耀的皮肤。但奔逃的仙女根本不顾及这些。她甚至没朝身后瞥一眼。眼看追求者的脚步愈加逼近,仙女只得气喘吁吁地向她父亲求救。她的请求马上得到了响应。她发现自己的脚趾如胶似漆地紧附地面,然后向地底深处蔓伸,娇嫩的皮肤结成了松软的树皮。她变成了一颗月桂树。这时的太阳神后悔莫及,他预料到仙女的反抗,却没想到是以如此沉默的方式。为了表示他对仙女未泯的爱情,他将月桂树作为他的象征,也作为一种崇高的荣誉,授予那些曾不懈追逐虚幻的永恒之美的诗人。因此,最杰出的诗人总希望获得桂冠诗人的尊号。

阿波罗是型男加诗人，才貌双全，还是官二代。说达佛涅一点没动心那是不可能的。这年头，凤姐都有人追，何况才子。问题在于，一来才子像只二百瓦灯泡一样突然跳出来，着实把仙女吓到了，掉头就跑。二来这一跑，开头是本能反应，跑着跑着，发现后面追的是个白马王子，后悔了，但出于女性心理又要矜持，不能轻易停下来，变成了形式上的跑。其三，以上两点都是次要原因，主要原因是：才子太型了，仙女受的传统教育太深，一时不知怎么接受，只得拒绝。

拒绝极端的美，也是人的一种本能。1930 年代美国新批评文论家兰色姆转述他从某法国作家那里听来的小故事，多少能批注这种本能：一天晚上，那位作家在巴黎街上闲逛，看见一遛卖黄色图片的西洋镜，看的人各式各样，贫富皆有。唯独一架机器无人问津。他扔了个硬币进去，没想到出来的是美第奇的维纳斯像。于是他就琢磨为什么没有人看到这幅画而冲动？维纳斯也是个女性，而且一丝不挂的情形毫不亚于其他裸体画啊。最后他得到了满意的解答：他们都躲着她，只是因为她美。

兰色姆总结道：审美经验是超乎强大的道德意志的，恰恰和它是超乎兽欲的一样，而道德意志和兽欲是互相竞争，等量齐观的，受了这两种东西中任何一种的控制，我们都不能欣赏或者了解诗。他说的是诗，也可以理解为美。把这句话换成通俗的意思，就是说：把蒙娜丽莎放在孔子和一条狗面前，结果是一样的——浪费。仙女达佛涅就属于孔子这一类。

再通俗点，这道理同样适用于眼下我们的电影观。几天前，我费尽辛苦看完巨幕《阿凡达》后，说的第一句话是：没想象的那么好看。第二句话是：银幕还是有点小。前一句话是客观的，片子给我的印象就是除了一堆透明的三维色块组成的一个西洋镜，其他的什么都没有。比起今年另一部巧妙的科幻片《第九区》来，基本如同鸡肋。后一句话稍微苛刻，但多少也是因为它华丽的形式磨灭了太多的电影性，对内容的失望，让我无法完全融入它的世界，造成对形式过分要求。然而，由于多年以来本国观众积累的要么道德气味浓厚，要么商业色彩强烈的审美观，加上媒体的世俗倾向，前者国内票房已近十亿，俨然成为了一个社会现象，后者的成绩发行方都不好意思说，就当拉了个垫背的。这无疑成了兰色姆故事的当代翻版。

话说回来，说仙女的传统理念强烈，也可以从她向父亲求救这一点得到佐证。从变态心理角度来讲，受到过于强大的制度压制，或者社交不广的父亲潜意识里往往反感把自己的女儿交给另一个男人，不过这种情结没有另一种以希腊神话人物俄狄浦斯命名的恋母情结（或者赫拉克利特的恋父情结）明显，影响也小，所以至今没有专业的术语，这里不妨就地命名为达佛涅情结。老河神就是一典型病例，他宁可把女儿变成树，也不愿成全型男，可谓病入膏肓。

当然，好事未成也有型男的错。在一个现实的社会里，桂冠诗人，还不如桂冠汤圆实惠。没看见韩寒都只说自己是司机嘛？如今导演身份都不吃香了，你还使劲说自己是文青，太土了。就算仙女崇高一把，认倒霉从了，人家长能放你过门吗？省省吧。

所以说，古希腊人是高尚的，也是现实的。他们写神话时，知道神界这个茶几上，洗具很多，杯具亦不少。他们喜欢美化杯具，因为洗具是不用再洗的，而杯具如果变得精致一点，也就不那么讨人嫌了。

XVII

酒驾的孙子

《法厄同的坠落》,〔德〕里斯,17 世纪。

法厄同小传

法厄同是阿波罗与克里敏尼的儿子。他对父亲是太阳神这件事非常自豪,时常向朋友们吹嘘父亲的神迹和太阳车的荣光。在伙伴的怀疑和怂恿下,他渐渐地不满足于述说,而是要亲自证明父亲遗传给他的家族能力了。他痛哭流涕地将朋友对他的嘲笑告诉了母亲和姐妹,母亲对他的烦恼也无能为力,只得将他送到阿波罗面前。

阿波罗非常疼爱儿子,还没问清事情原委,就在斯蒂克斯河边发誓:同意满足儿子的一切请求。而当他得知儿子想要驾驶他的太阳车时,后悔莫及,只能警告儿子路上的千难万险。但因太阳神已在河边发过誓,一言既出、驷马难追。为避免灾难,阿波罗绝望地做最后的努力,他反复叮嘱儿子要在道路中间行驶,遇事要及时勒马。

法厄同跃跃欲试地跳上战车,呼啸而去。很快他就迷失了方向,并失去了对战马的控制。恐惧之下,他松开了缰绳,战车带着太阳的热度向人间一头栽去,车上的零件纷纷散落在地面,造成大火和干旱。从烧焦的土地上传来了人类受难的恸哭。暴跳如雷的宙斯很快找到了这场乱子的原因。他毫不犹豫地朝高傲自大、粗心大意的法厄同施以雷电。后者径直地掉入江中,再没有回来。太阳神和克里敏尼为失去儿子而哀痛。法厄同的姐妹们也为他的夭折而悲伤。她们都变成了白杨树,而她们的泪水则变成了琥珀。

珍爱生命，远离酒驾。宙斯处理恶意驾驶事件的态度是非常强硬的，杀，而且连孙子都没放过。我不知道他杀完后，发现车里坐的是孙子时有没有后悔。不过从法制角度来讲，他做得未免太冲动，至少把车拦住，问下原因嘛。

我顺便系统地研究了一下国内从去年五月至今被曝光的几起恶性驾驶事件，总结其动机一般有以下几类。第一类，被动酒驾。应酬之后要回家，自己觉得喝得不多，朋友劝也不听，心存侥幸地上了路。大多数酒驾都是这种，比如南京致五死四伤的那个。第二类是法厄同型的主动酒驾，喝高了，被朋友一起哄，要飙车，就像网上流行的那段五角场到徐家汇三分钟的视频里的那几位。第三类，主动反社会型。工作生活不顺利，被上司骂，被女友甩，神经崩溃了，开车上闹市连环撞人。天津致九死十一伤的就属这类。第四类,被动反社会型,车技不好,反应慢,在斑马线上撞死了人,还要嚣张地说是人家撞他。七十码就是一例。第五类则纯粹是车技差,不能算恶意,但是客观造成严重后果的,比如前两天上海三死七伤一案。

还有一类没有在媒体上见过,是我臆想的,即第二类和第三类的结合,精神出现障碍,想撞人,可怕被判无期,于是强把自己灌醉开车上闹市,就算判也只按酒驾判。这类人是变态与智慧的完美杂种,我称之为恐怖型。2009 年四川什邡等地有几起严重醉驾致死案,法院先按交通肇事罪轻判,后虽因民愤和被告恶意转移赔偿而改按危害公共安全罪重判,但其暴露的法理漏洞对于我们不啻为一次警钟。

写到这里,我不禁开始担忧:我们的马路是不是已经成了屠宰场?十个月内,仅被报道的三起事件,就总共死伤不下四十人,加上其他未报道的和土方车造成的,中国的车岂不是要和美国的枪相提并论了?更渗人的是,据官方统计,去年我国汽车企业一共卖出一千三百万辆车。而随着就业和求偶难度的增大,贫富差距的拉大,建筑工程的增多和路况拥挤的加剧,致人狂躁的因素也会越来越多。以前我们常说美国是暴力社会,不控制枪,因此常有连环枪击案发生。

那么现在美国人是不是也可以说我国是个变态社会，不控制车，因而常有连环撞人案发生呢？

所以说，对恶性驾驶的态度，固然要严厉，但如果像宙斯一样不分青红暴力处理，也不一定会有好的效果。毕竟在上文提到的几类里，只有第三类和恐怖类是蓄意犯罪，其他的都是失误（酒驾目前处于违法和犯罪之间，主要看喝了多少）。就算对于恐怖类，我们也应该考虑到是什么造成了他的精神症状，除去他个人的原因外，他周围的人，他所处社会结构是不是也要负一定的责任？当然，不是所有的反社会行为都可以列入狭义精神障碍范畴的，我们需要的思考，是以一个整体的角度，在严惩肇事者的同时，也追问一下其他部分的影响，从而达到优化的目的。

法厄同的姐妹在痛哭的时候，一定也是在反思的，不然，她们的眼泪就不会变成琥珀，而使她们的生命变得更美了。

（成文次年，酒驾入刑。）

XVIII

芥子中见须弥

《雅辛托斯之死》,〔意〕提埃博罗,提森-博内米萨博物馆,1752 年。

雅辛托斯

阿波罗非常喜爱雅辛托斯,就像宙斯喜爱伽尼墨得一样。雅辛托斯热爱打猎和体育,阿波罗就殷勤地陪伴他,像仆人一样替少年拿渔网、牵猎犬。有一天两人在山间玩掷铁饼的游戏,阿波罗施展千钧神力,铁饼飞得又高又远,将一朵白云劈成两半。雅辛托斯快活地追赶,结果被反弹的铁饼击中了前额。又一种说法是:西风之神仄费洛斯也很喜欢雅辛托斯,出于嫉妒用阵风吹偏了铁饼。阿波罗赶上来,悲痛万分,让血泊之中长出了风信子花,这种花就是用“雅辛托斯”命名的,花瓣上的纹路“AI”铭刻着阿波罗永远的叹息和悔恨。①

① 选自百度百科。

为了把早期部落的图腾制度纳入众神体系，古希腊人下了大力气对已初步人格化的自然进一步神化。因此以各种动植物为题的剧本相继诞生。光与阿波罗有关的，就有本文说到的雅辛托斯，变成桂树的达佛涅和变成向日葵的克里提等。这些变异情节往往带有屈服和无奈的痛苦。比如说雅辛托斯的故事，就隐约映射着一种过程：几千年前博罗奔尼萨半岛上，一个千把人的原始村落被附近相对文明的大城邦同化了，原先崇拜风信子的被同化者逐渐开始接受同化方的太阳神崇拜，但在前者的集体意识里，对传统的消逝仍感到悲哀，于是有了小男孩之死一说，而相对开明的统治者也不以为忤，并对情节稍加修饰，强调了太阳神的亲和力，意在使他的统治更稳固。妥协之后的故事削弱了前者的疏离感，又

雅典洛克菲勒博物馆

美化了后者的强势，两者各取所需，从而成功消解了一场因制度转变而产生的意识形态冲突。

这些剧本的威力是巨大的，也是文化性的，即在人格化自然之后，又利用自然来格式化人。可以想象，当时一个接受过神话教育的人走在路边看到一小株风信子或向日葵时产生的崇敬和博爱的心情，大概不会亚于我们现在看到世博中国馆。这样的潜移默化模式无时不有，无处不在，无物不入，其力量可能比整个希腊半岛的神像之和所产生的还要大。

把故事藏在一朵花里，几乎近于佛教提倡的"芥子中见须弥"了。释迦牟尼的全部哲学就在于他手拈莲花时的微笑。也可以说他们更像现代的人类学家，弗雷泽曾经从一根枝条看出整个古代西方的神话和巫术体系。列维·斯特劳斯也在《忧郁的热带》的结尾说："对一块比任何人类的创造物都远为漂亮的矿石沉思一段时间，或去闻一闻一朵水仙花的深处散发出来的味道，它们所隐藏的学问比我们所有书本全部加起来还多”。这境界对于处于后工业社会正在疲于抵抗物化的现代人来说可能苛刻了些，但对于古希腊人似乎不成问题，他们在很久之前就已经达到了。

XIX

文字迷宫

《伊卡洛斯》

代达洛斯小传

代达洛斯是一位伟大的艺术家，建筑师和雕刻家。他因妒忌而杀害了外甥塔罗斯，逃亡至克里特岛，为国王建造了著名的弥诺斯迷宫。但是国王又迁怒于他，将他和他儿子伊卡洛斯关在自己建的迷宫内。他们苦思冥想，得到了一个点子。收集鸟身上落下的大大小小的羽毛，把羽毛用麻线在中间捆住，在末端用蜡封牢。最后，把羽毛微微弯曲，看起来完全像鸟翼一样。装在身上试飞成功后，他又给儿子伊卡洛斯做了一对小羽翼，并教他如何操纵。他叮嘱道："必须在半空中飞行。你如果飞得太低，羽翼会碰到海水，沾湿了会变得沉重，你就会被拽在大海里；要是飞得太高，翅膀上的羽毛会因靠近太阳而着火。"然后他们就一起飞离了迷宫。开始时一切都很顺利，但是伊卡洛斯得意忘形，不由得骄傲起来，越飞越高。却没有发觉强烈的阳光已经开始融化封蜡。羽翼松开，从他双肩上滚落，他只得用两手在空中绝望地划动，可是最终还是一头栽入了大海。代达洛斯追赶不及，等见到海面上的羽毛时，儿子已经没救了。绝望的父亲掩埋了儿子的尸体。为纪念他的儿子，从此，埋葬伊卡洛斯尸体的海岛叫做伊卡利亚。

我手头有一本复旦大学出版社的《破译古希腊神话故事》，作者是斯蒂芬·伯特曼博士，一位美国教授。他认为伊卡洛斯的下场表明了古希腊人对中庸之道的理解：飞得太低羽毛会被海水弄潮，飞得太高蜡容易融化，只有像代达洛斯这样明哲保身才能到达最终目的。

除了中庸之道外，这位教授还从处世哲学的角度把希腊神话归纳为追求卓越，自知之明等七个主题。这不是我看到关于那个时代的最好的书籍，但我尊重他的观点。他是哥伦比亚大学希腊和拉丁文学博士，其研究深度与广度当然不是我这种半吊子所能及。从这本循循善诱巨细无遗的书里，我首先体会到的，就是他对研究对象的爱和宗敬。不过在感激他提供了大量珍贵的历史八卦之余，我也对他的破译方向有些怀疑:如果希腊神话对于现代人的启示只是一些教条式的生活哲学的话,那么它和《心灵鸡汤》或者《厚黑学》有什么区别?

古希腊文学在史诗与戏剧时代之后,出现了《伊索寓言》。这种文学形式的特点是每个与神或动物有关的故事,都试图阐明一个相应的道理。这固然是西方文学的一个里程碑,然而在两千多年后的今天,文学形式历尽变迁,阅读与写作进入狂欢的后现代都已有二三十年,如果还像伯特曼那样执著于寓言式的编织,无疑是无法让人温暖的。罗兰·巴特曾在七十年代宣扬:作者已死,意义已死。到了当代,意义的游戏更加激烈。一篇博尔赫斯的短篇小说尚且有着无穷的可能,何况洋洋数十万字,跨度千百年的神话?显然,伯特曼博士太热爱那个时代了,从而选择性地忽略了神话意义对于大众的离散性。

就以代达洛斯飞越牢笼的这个故事为例,意义完全可以因人而异。如果肯定工程师的理性是中庸之道的话,那么谁能说伊卡洛斯奋力一搏,赶超太阳车的行为不是挑战极限?谁又能说那些正巧在地面耕种,抬头看见这一幕的农民不幸福呢?难道工程师先杀侄子,后来失去儿子不是一种因果报应论?在这样一个多元结构的故事里,每个角色都是开放的,每个情节都受到其他文本的影响(比如其他国家的神话,宗教教义等),每位读者都能写入自己的意义。仅以中庸一词笼统地概括它们,至少我不能共鸣。

或者也可以说,古希腊人留给我们的,正是代达洛斯用文字筑成的一个迷宫。它关着一个巨大的意义怪兽,闯入者越是渴望到达出口,越是迷失于文字的戏弄。迷宫唯一的出路在上面,因为天空里什么都没有。只要我们不畏虚无,装上用前行者飞过落下的文化碎羽粘成的翅膀,轻轻一扇,旅程就将开始了。

XX

荷马的作者记号

《阿喀琉斯和帕特罗克罗斯》

帕特罗克罗斯小传

当阿喀琉斯因为和阿加曼侬不合而拒绝作战时,帕特罗克罗斯披上他的盔甲,领导迈尔弥顿人杀了许多特洛伊人,包括了萨佩顿(宙斯与欧罗芭之子)与赫克特的双轮马车驾驶赛伯利翁。在太阳神阿波罗的帮助下他被赫克特所杀。为了取回好友的尸体,阿喀琉斯重返战场,并为帕特罗克罗斯报了仇。阿喀琉斯极其悲痛,以至于有一段时间他都拒绝为帕特罗克罗斯进行尸体的处理。但他被帕特罗克罗斯的幻影劝服了,帕特罗克罗斯告诉他,没有适当的火葬他便无法进入冥府。在将帕特罗克罗斯的尸体放上火葬用的柴堆之前,阿喀琉斯剪下一束他的头发,献祭了马匹、狗,和十二个特洛伊俘虏。阿喀琉斯还组织了一个运动竞赛以荣耀他死去的同伴,比赛包括双轮马车竞赛、拳击、摔跤、竞走等。这场运动会被记述在《伊里亚特》第二十三篇,是希腊运动最早的出处之一。

对于帕特罗克罗斯之死的传统解读往往归咎于死者的自不量力，而对阿喀琉斯的疏忽持谅解态度。在荷马等人的眼里，小阿的英雄形象仿佛从未因导致好友之死而受到损害，反而更加光辉。然而在这种谅解之下，掩盖着一种对于非正常性取向的迷惑。

首先，我对帕特罗克罗斯死前的精神状态很感兴趣。经过与美国版《精神疾病诊断与统计手册》(The Diagnostic and Statistical Manual of Mental Disorders，简称 DSM)比对之后，我发现小帕误认为自己是阿喀琉斯上阵杀敌的这种行为，从变态心理角度来看有两种诊断可能。第一种称为心因性神游(Psychogenic fugue)，其特征是患者会在意识离解的状态下，离开原有的生活地区，以另一身份生活。第二种可能是多重人格(Alternating personality),学名分离性身份障碍。两者的区别主要在于前者只有身份障碍,处世方式与性格变化都不大,而后者发病时,患者将在几个独立的人格之间变换,每一个人格对自身和环境的感知都有独特的模式。

小帕属于两种可能中的哪一个现在已经无法考证,因为他在发作时战死,我们无从知道他的人格是否发生了变化,或者战后是否又变换回来。但是有一点是肯定的,那就是阿喀琉斯拒战,也可能是畏战,对他造成很大的刺激,使他对自己的身份或人格产生了错觉,继而有了取得或偷得小阿的盔甲,替他赴死的念头。

大家是不是觉得这种情节似曾相识?是的,到目前为止,一方最后消失或死亡是大部分经典同志题材文艺作品的基本思路,比如电影《蓝宇》和《断背山》,小说《荒人手记》等。一般认为,古希腊人的婚姻包办制度,给男人之间的自由恋爱创造了心理温床。加上大量出现在竞技场和其他公共场合的全裸男性,所带来的对男性身体的美学崇尚之风,是导致古希腊男人同性性倾向的主要原因。荷马在其史诗《伊利亚特》(罗念生译)第十六章的开篇为小阿与好友之间的感情设计了一段对白:你为什么哭泣,亲爱的帕特罗克罗斯,有如一个小姑娘,追逐着母亲……这段对白成为后人判断两人暧昧关系的重要佐证。不同的是，荷马在同志纠葛的基础上，还加入了另一种变态心理因素（同性恋在多年前已从 DSM 中删除，意味着不再属变态症状），也就是类似《小岛惊魂》或《禁闭岛》的身份或人格混乱。

这一融合了双重或多重心理症候的描写，始于荷马。六十年代从法国电影手册起源，西方电影学曾兴起一股作者论风潮，将一部电影的场面调度和作者加以区别。场面调度即根据现有模式机械地将各场镜头组合在一起，形成叙事系列，比如早期好莱坞电影，而作者则是在机械组合的基础上创造性地加入自己的记号，自己的生活，比如特吕弗推崇的希区柯克，就在其大量非现实背景的故事中，加入了其个人的精神历程。用煮面来打个比方，前者煮的是方便面，而希区柯克煮的是别人无法复制的私房面。同样道理，希腊神话在荷马之前，叙事是单一模式的，功能是强意识形态的。到荷马，心理线索被放大或突显了，功能不仅仅限于对人的格式化，而开始关注个体本身，简单的情节复制便显得无意义了。虽然我们不能据此推测作者本人就是同志（荷马可能是很多叙事者的集合），但这无疑可看作一种作者记号。

有些人类学者认为古希腊或罗马人对同志爱是宽容的，甚至达到了推崇的程度，因为成年男性之间的特殊性行为是一种仪式,表达勇气与力量的传递,因此有许多古希腊贵族和名流,都有公开的同性恋情。而从叙述帕特罗克罗斯之死的作者记号来看,至少当时的民间社会,即吟游诗人荷马所处的下层平民,对同志行为抱着不确定的态度,而且已经对引起这种倾向的心理因素发出疑问。因其迷惑,所以充满魅力。以至于这魅力一直延续到今天,仍在各类艺术品中不断复制着。

XXI

自古烈女怕流氓

《阿瑞塞莎》

阿瑞塞莎

阿瑞塞莎是月神阿尔特弥斯的仙女随从，每逢主人打猎，她都负责携带弓箭。她立志终身不嫁，侍奉主人。一个炎热的夏天，她正在一条凉爽的溪中游泳，突然发现河神阿尔法斯在窥视。她慌不择路，赤身裸体地跑开了，河神却装成凡人的样子在后紧追。他们一直奔到西海边。情急之下阿瑞塞莎向她的主人求救。阿尔特弥斯迅速将一层云雾披在仙女的身上。但顽固不化的阿尔法斯并未上当受骗。接着仙女又被变成一眼泉水。但河神仍未放弃，马上也变回了水流的模样，以便与她同流，享受她的陪伴。阿尔特弥斯只好劈开地面，阿瑞塞莎便一直沉陷下去，穿过阴间，从希腊漂流到西西里岛。最后在锡拉库扎露面，结果发现河神忍受了冥界的黑暗，也变成了一条溪流出现在她面前。他们交汇在一起，他终于得到了她的爱。

同样是追，河神阿尔法斯就比太阳神执著。达佛涅只是变成棵树，才子就没戏了。仙女阿瑞塞莎变那么多形状，从气态液态到固态，从玛丽萨丽到艾娃丽，都快把她老板半辈子积蓄的物理和气象知识用完了，还是没逃脱河神的手心。古希腊人用心良苦，不惜扛出水循环这面旗帜，仿佛只为说明一个道理：自古烈女怕流氓。

如果说达佛涅拒绝才子的理由是美，那么阿瑞塞沙拒绝河神的理由应当截然相反——阿尔法斯太丑了。怎么丑法文字已经无法描述，好在有故事可作佐证：当年奥革阿斯请求赫尔克勒斯为他冲洗一个巨型牛棚里的牛粪，小赫引了一条河流来完成此任务，这条河就是阿尔法斯。用一个稍微有点现代意境的比喻，可以说他长得有点像马桶抽水时的漩涡。而偏偏就是这位刷厕所的河神追到了月神圣洁的跟班，可见出身的低微或高贵在求偶过程中并没起到决定性的作用。

说到刷厕所的，正好我前两天看了一部美国喜剧《我为钱狂》，讲在经济萧条时期三个家庭妇女被迫到银行当清洁工，每天偷几叠旧钞，合作三年都成了百万富翁。故事最多只能算二流，但它的背景却和当下相似。自金融危机以来，媒体就一直津津乐道大学生掏粪或研究生当保安之类的事，其高潮是"两会"期间名人政协委员朱军抛出大学生掏粪论引发的各方争议。不管争议如何激烈，掏粪的大学生仍然在掏粪，校园保安的职位仍然抢手，证明高等教育失误和就业形势已是既成事实，学生们是无能为力的。我 2007 年研究生毕业前一天路过导师办公室，看到他正发脾气，连声大骂：太丢人了。一问之下，原来是同届有个学生找了份月收入仅一千五百欧元的工作。现在想想，这位教授要是来到中国，一定会憋出毛病的。但就跟河神或电影里那几个家庭妇女一样，只要这些处于困境中的学生们心中怀有一个目标，为这个目标坚持，哪怕它不如朱委员所说的改变掏粪界的现状那样崇高，而是比较低俗的钱或美女，那么至少也能改变自己的现状。

一个改变了自己现状的掏粪工，才能改变掏粪界的现状。河神深知这一点，也深知自己受过神界教育，所以就算被人用来冲过牛粪，就算被人一直看成流氓，心理上还保持着神的高贵（有版本说是河神本来的目标是月神本人）。这种高贵又好像陈丹燕在“文革”时期用小煤炉烤蛋糕的心气，他知道自己的未来属于仙女而不属于牛棚，于是才敢认准了死缠烂打，才终得云开日出。

XXII
独奏

《拉俄达墨亚》

拉俄达墨亚小传

特洛伊战争前，预言家说希腊人中第一个下船登陆的必死无疑。但普洛忒西拉俄斯还是勇敢地带头冲向了海岸，他杀了不少的敌人，却也被赫克托耳所杀。他的妻子拉俄达墨亚就是在他死后还是爱他，她做了一个普洛忒西拉俄斯的像，和它同居。神们可怜她，赫耳墨斯将普洛忒西拉俄斯从冥土带了出来。拉俄达墨亚见了他，以为是他自己从特洛伊回来了，她很是喜欢，但是他又被叫回冥土去时，她自杀了。

据泡萨尼阿斯说，希腊人中有死后被崇敬为神者，普洛忒西拉俄斯亦是其一。他葬在特里特半岛，与特洛伊隔岸相对，外有围墙为庙境，礼拜者竞献金银青铜各式器具及衣服等物，但波斯王克塞耳克塞斯侵入希腊时，这些宝物全被劫掠，将圣地种谷，放牧牛羊。庙境内有很高的榆树，庇荫坟墓，据说那些树叶面对狭窄的海峡，望见特洛伊的，很早就发芽，不久凋落，像那英雄自己一样，但是那不面对特洛伊的部分，树叶还保持着它的鲜美。

阿拉迟到了。她摸索着找到自己的座位，坐下之后借手机的光照节目单，匀了匀呼吸，还好，没错过儿子的独奏。

台上正在表演的孩子她认识，是普雷的同学兼对手，弹的是从钢琴曲改过来的《致爱丽斯》，还不错。她发了条短信给儿子，说已经到了，第二排，又叮嘱他好好发挥。

她把手机调到静音，穿上进场前脱下的高跟鞋，靠着椅背又深呼吸几次，想定下神，却不成功，疲惫得仿佛能听到自己心跳的声音。跑得太急，吃不消了，她想，自己已经不是十多年前那个能开大货车的小姑娘，这两天还没怎么睡过，不能再靠身体硬拼了。她闭上眼揉了揉小腿，有点酸。于是她开始迁怒于海老头。今天是儿子第一次参加市级比赛，说好要来给他打气的，要不是老不死的把谈判时间拖得那么长，打破了原定计划，她何至于碰上高峰堵车？何至于穿着高跟鞋跑了两条马路？狼狈得要死。不过话说回来，这也是命。要是老普还在，哪轮得到老不死的在董事会里唧唧歪歪？真是人心不古，老普进去没几天，墙一倒众人就推，以前的开国功臣个个都像吃了枪药一样抢上位。尤其是这卖猪肉出身的海老头，竟反过来串通太阳投资，仗着资金雄厚，步步往死里逼。老普有一句口头禅：搞得那么大，不出事才怪。现在他真的说中了，她不想步他后尘。自己孤儿寡母，顶不住的。她决定投降了，好歹顶了这么一阵，身心都到了崩溃的边缘。公司迟早是他们的。就说刚才吧，如果不是松了松口，同意明天一早就签股份转让协议，她哪里还看得到这场音乐会？

她回过神来。壁灯亮起，《致爱丽斯》已经结束。报幕员报出儿子的曲目时，她使劲鼓掌，好让儿子大致知道她的方位。

几百人的观众席里掌声并不热烈，除了她自己之外，大概也就三两人捧场。倒是周围传来窸窸窣窣交头接耳的声音，还有人朝她的方向张望。她知道他们在谈论儿子。是的，一方富豪的公子，就算平时用的是假名，也总能成为八卦话题，更何况在他父亲刚获刑二十年入狱，母亲判二缓二，家业就要旁落之时。别说他们，就是她自己，也不是一样势利，一样世俗地在考虑离婚的事情？她不可能等一个劳改犯十年二十年，公司卖掉以后，她和儿子的后路总要找一条的。趁自己没到四十，再找一户人家，不需要富甲一方的，只要一家三口能太太平平过日子就好。

普雷上台的时候，掌声终于被她带起一片。虽然她精力不如年轻时，但是那股心气多少还留着。为了儿子，就算只有她一个人拍手，也要拍得全场响亮，就好像这音乐会是专为她母子而开的。她要让那些人知道，她儿子至少在这个时候，这个场合，仍是城市里最值得尊敬的人物。

今天普雷在她眼里分外精神，贴身黑色短西装，和他父亲一样的板寸头，背着两年前老普给他的生日礼物，那是专从西班牙买的罗得里格斯古典琴，当年全球产量五十把。老普希望儿子和这琴一样成为佼佼者。可惜，这么重要的日子，他不在。

儿子在台上朝她笑笑，开始试音。可是下面的谈论越发激烈了起来，邻座几位太太也偷偷聊开了，她隐约听见了嘲讽，大意是：老爸被关进去了，公子还有戏唱吗？

主持人不得不再次上台打断试音，提醒大家注意会场公德。她心里一阵愤懑，然后又自我安慰起来：卜只角的女人，吃不到葡萄讲葡萄酸，不要跟她们一般见识。的确，那些女人想破头也想不到这场比赛是她的公司赞助的，想不到她上上下下花了十来万打点，第一名已经内定了，想不到对于评判席上的那些所谓老师，钱才是王道。几天前，她和资格最老的陈评委敲定，只要儿子弹的是指定曲目《爱的罗曼史》，不出现重大失误，第一名就是他的。这个第一名，儿子很看重，她很看重，老普也很看重。过两天普雷就要竞选学生会干部，年级里多少人盯着这个位置，比如说前面弹《致爱丽斯》的那小子，就是其中一个。这个官，儿子一定要得到。她跟着老公打拼那么多年，悟到为数不多的真理，其中之一就是：政治能玩经济，经济能玩艺术。她不想儿子将来像他们一样被政治玩，所以不惜代价要让儿子的政治生涯有一个好开头。而他在学校里最大的筹码，就是比赛奖项。她本想花点钱疏通校长，可到底觉得不妥，没把握，而且太直接了，对儿子不是长久之计，才选择了曲线救国。

不过这件事里面最难搞定的，不是评委，而是儿子。他本来选的是电影《教父》的改编曲，可是老陈对她透漏上面硬性规定得奖曲目的主题要传统，经典，健康。《教父》主题作表演曲目可以，但是肯定得不了奖，更得不了第一，所以千叮万嘱让他临时改一个保险的曲目，哪怕难度不高也不要紧。她本以为这么简单的事，儿子能理解的，没想到一开始他死活不肯,说不喜欢《爱的罗曼史》,最近一直在练《教父》。这两天她的精力除了用来应付海老头,就是花在了向儿子陈清利弊上。连哄带吓之后,这小子总算勉强答应了。

试音之后,场下安静下来。她怕刚才下面的反应吓到儿子,不过还算好,他斜抱着吉他,似乎无动于衷。阿拉欣慰地想,儿子的倔脾气,也像他爸,老普在里面知道他得了这个奖,不知会有多高兴。

灯光暗下。普雷沉默了一会,站起身向评委们致意,又对台下观众微微躬身,然后视线转向阿拉,说:这首曲子,献给我最爱的父亲。

阿拉觉得普雷的神情和语调有点不自然,儿子从没跟她提起过演奏前还有这样的致词。不过她马上找到了借口,没什么大不了的,表演之前向父亲说一句也是人之常情。或者,是老普的事情对他打击太大了。老普在的时候,每逢周六晚的社交酒会,都会让他在朋友前表演一番。几年来,普雷已经习惯了演奏前与父亲的眼神交流,今天只是一时拗不过来罢了。她瞄了一眼评委们,似乎没有异动。不管怎样,路都铺好了,这点小事影响不了比赛结果。

儿子的独奏终于开始了。阿拉微笑着凝望普雷,仿佛在欣赏一位大师。随着旋律的进行,她的微笑渐渐凝固了下来。她不懂吉他，但是听了那么多年，调子至少还分得清。普雷的曲子里有一股说不出的味道，说幽怨不是幽怨，说坚韧不是坚韧。《爱的罗曼史》不是这样的。

评委那边也坐不住了，阿拉看到老陈和身边的评委凑着脑袋说了几句，又朝台下看看她，微微摇头，嘴角弯出一丝无奈。

阿拉憋得慌，她的耳根在烧。她被很多人背叛过，但从没有像这次一样伤心。为了保持克制，她把手里几乎已经因为生气而捏烂的节目单又展开，当扇子一样朝自己的耳边扇风。她尝试冷静下来，问自己老师们会不会看在十几万的份上给儿子一个鼓励奖，随即又被否定掉了。就算给了，又怎么样，别人会说你劳改犯的儿子，除了有点臭钱，其他的一无是处，连从小弹到大的吉他也弹不好，生来就是给人欺负的。她觉得自己的血压在上升，脸上根本感觉不到风，手却还在不停地抖。她几乎开始考虑是不是可以走了，是不是把精力集中在明天转让股份的合同细节会更有意义。

为了表示对儿子的尊重，她毕竟没有走。她只是觉得有点对不起老普，有点委屈。她真的尽力了。她看着儿子认真而徒劳地拨弄琴弦的样子，心泛悲伤，就好像听到的不是乐声，而是泪在自己脸颊上滚落。十几年前她和老普只有一个小小的服装摊,没人教他们世道,没人给他们铺路,有的只是纯真理想。那时他们没有普雷,但是很幸福,老普管进货送货,她管记账卖货。每到生意淡季,老普都会把家里的四喇叭拿到摊上,忙里偷闲地和阿拉跳一曲。时间一长,周围的摊主都管他们的摊叫百乐门。当初的老爸,不也和现在的儿子一样意气用事,相信有实力就会成功,而现实怎么样?不是照样残酷到让他学会了苟且妥协?后来有了普雷,生意再也没淡过,老普不管货了,变成了负责公关,每天不是请这个总那个董吃饭,就是请这个处那个局打高尔夫。百乐门越做越大,老普的胃口也越来越大。他一直都知道自己不在正道上,可到了那一步,谁在正道上?谁又能停得下来?收手或不收手,结果都是一样的。每次在做亏心事的时候,他都说:这趟真是脑袋别在裤裆里。就像在给自己壮胆,又像已经知道结局,只等那一天的来临。可是知道了又怎样?结果,不还是一样样都做了?

大厅寂静得只有乐声,太太们似乎已进入角色。阿拉的心跳平稳了下来,她甚至能听见儿子的手指在弦上滑过的声音了。弦音如诉,混合着回忆与乡愁,仿佛相册一页页悠悠翻过。恍惚间阿拉发现自己回到了当年那个小服装摊前,正和老普缓缓起舞。她不经意摸了摸腕上的表,想到他们曾如此相爱。结婚的时候,他们互赠信物,她得到了这只梅花女表。他的,则是一只百灵牌口琴。那只表她保存得很好,修过几次,不经常戴出去。口琴已经缺了几个口,音吹不准了,但他进去的时候,还是把它裹在了汗衫里。他说里面很无聊,可以解解厌气。

儿子的琴声依然充满了忧愁,那忧愁里忽而掺杂着明亮高尚的转折。阿拉轻噎着,不知道自己其实也在笑。乐声使她想起了自己坎坷的一生中最刺激的时光,不是在东京迪斯尼坐过山车,不是在迪拜赌场里输了五万美元,甚至不是因为内幕交易罪被判两年徒刑。而是十几年前的一个春天,收摊后,她正抱着几个月大的普雷,坐在老普的黄鱼车上回家,他突然回过头对她说:我给你吹支曲子。说完就从兜里拿出琴,双脱手,一路咿咿呀呀地吹了起来,一路歪歪扭扭从人民路上繁花般的小摊间穿梭而过。那一刻的天空,依稀都比现在的轻快。

台上的曲子已近尾声。旋律中的伤感使得阿拉不再用手巾去拭泪了,她要让它们崩溃而出,流满脸颊,这样就不至于哭出声了。在这个世界上有过很多东西能在几分钟内改变她的命运,比如一道考题,一张证书,一次诊断,或者那些她差点就要签下的协议。它们中的一些让她满足,另一些让她后悔,因为无论如何,她曾抓住或错过它们。然而就在这个瞬间,她所遇到的东西,她无法追寻,无法错过,甚至没来得及意识到。

阿拉没想到儿子能把这首曲子练到这样的境界。她想不起来坐黄鱼车的那天,老普吹的是什么,而那同样的悠扬让她隐隐确定,就是儿子现在弹的这一曲。

普雷用尽全力完成最后一个音符,起身谢场。阿拉已经无力鼓掌,却听到周围雷鸣般的轰动。邻座太太别过头对她竖竖大拇指,说:弹了好呃。阿拉笑笑表示感谢,兴奋地站起来朝儿子走去。

在上台拥抱同样泪流满面的儿子之前,她对另一些事做出了决定。

XXIII

悲剧的彗尾

《桑斯比》,〔英〕沃特豪斯,1909 年。

桑斯比

桑斯比是一位巴比伦少女。从儿时起,她就爱上了邻家的皮瑞摩斯。然而两家素不和睦,因而禁止恋人相见。他们只能隔墙倾听对方动听的声音。由于爱情之火愈加炽烈,他们相约于城外林中一株白色桑树下会面。夜幕降临了,桑斯比偷偷溜出家门,先到了约会地点。在她环顾盼望恋人到来的时候,一只母狮子出现了。看到它的血盆大口,这位少女尖叫着逃离此地,面纱落地。母狮没有追赶,却用嘴和爪子撕破并且弄脏了那方面纱。听到野兽的号叫和少女的呼喊,皮瑞摩斯手持短剑直奔约会地点。但母狮和少女都已不见了,看见了被玷污的面纱,他立即猜到他的恋人出了什么意外。绝望中,他吻别面纱,抽出剑来,刺入自己的胸膛,急涌而出的鲜血把白色的桑树染成深紫色。当桑斯比返回和他会面的时候,她发现皮瑞摩斯在死亡的苦痛中挣扎着。她愤怒地叫了一声,倒在皮瑞摩斯的剑上,伴他共赴黄泉。

古罗马诗人奥维德塑造的桑斯比和普利莫斯一般被认为是莎士比亚《罗密欧与朱丽叶》的发源。两者相隔一千六百年,其间经历了各种形式的改编和补充,枝叶繁华了许多,但叙事主干一直没变。这种经典的悲剧模式不难总结为一个公式:男女主人公受压力——获得帮助——确立沟通——受阻挠——双方误解——关系解体。其中最能引发叙事对象悲伤情感的三组对立是:沟通/误解,抗压/解体,帮助/阻挠。早期西方的爱情悲剧偏重于渲染后两组对立,奥维德是个特例,这是他的伟大之处,然而他也只不过把误解的原因归于外部自然秩序(狮子)。因此桑斯比神话的冲突布局为:外/内+外/内+外/内。虽然这种布局增加了整体的对称,但层次仍不分明,体现不出与其他悲剧模式的明显差别。到了莎士比亚时代，叙述者进了一步，使误解在主人公的关系内部发生，故事的冲突布局变为：内/内+外/内+外/内（莎翁本人同时在文体上也开始放弃早期的十四行诗甲乙格），主人公主观的力量加强了，结局的天平虽然还是倾向于外部，但莎翁让我们看到在天平的另一头上加重砝码造成动势的可能，正是这种"动"的悲剧使得一千六百年前的文本活了起来，造就了浪漫主义文艺的高峰，与哲学上告别神权中世纪的欢愉遥相呼应。

今天，我们从莎翁时代又走过了四百余年，但是桑斯比的彗星并没有回来。在这四百年里叙事结构和影响力最接近它的爱情文本，恐怕只有上世纪五十年代的《罗马假日》了，把《罗马假日》与奥维德和莎翁的故事列在一起比较（见表），可见误解/沟通对情节的作用在电影中被对调了。同时我把近年红得发紫的《暮光之城（一）》加在最后，到目前为止，由于没有最终结局，它只是前三者的残缺翻版，而我个人偏向于一个建立在误认基础上的悲剧大结局，这会使它过于原始的故事显得丰满些。当然，也能稍稍满足彗星观测者的渴望，因为它的下一次降临，何时何地，以何种形式，谁都不知道。

	奥维德	莎士比亚	罗马假日	暮光之城(一)
舆论压力	两家不睦	两家世仇	阶层差异	种类差异
帮助	阿芙洛狄忒	修道士，朱丽叶的保姆	身份误认	男主人公的家庭
沟通	墙缝	阳台	男主人公的公寓	学校
阻挠	狮子	朱丽叶的表哥提拔特	保守力量	种族偏见与冲突
误解(直接导致悲剧原因)	被玷污的面纱(桑斯比被动)	假死(朱丽叶主动)	真相披露，误认消灭(公主被动)	?

XXIV

宙斯阴谋论

《欧洛拉带走泰索尼斯》,〔意〕索利门拉,盖第博物馆,1704 年。

泰索尼斯小传

凡人泰索尼斯和晨曦女神欧洛拉相爱,为免分离之苦,女神向众神之王请求赐给爱人一杯神祇的甘液,让他得到永生。宙斯答应了她的要求,欧洛拉便把泰索尼斯带入了奥林匹斯山。然而女神忘记要求让爱人永远年轻。所以他的脸上渐渐出现了皱纹,虽然如此,女神还是对他很好,给他荣华。可是泰索尼斯一直老了下去,再也无法行动了。甚至他仅剩的声音也变得纤细。他身体很虚弱,以至于为了安全必须把他锁在房间内。欧洛拉很难过,只得把他变成一只小虫送到人间,人类叫他蚱蜢。

弗洛伊德认为遗忘是人类潜意识思维的表现，根据该理论，黎明女神欧洛拉的失误除了表明她缺乏远见之外，也证明她潜意识里并不真爱泰索尼斯。实际上有其他版本的神话说阿泰是被女神绑架的，所以才被锁在房内，直到变成知了或蚱蜢之后，还在不断鸣叫，祈求神让自己死去。

但是在这个故事里，欧洛拉个人的潜意识却浮上了表层，或者说只是一个幌子，不足以成为重点，重点是另一种潜在关系，我称之为潜意识故事思维。大家都知道潜意识是常人无法控制的，有些人比如心理医生能在催眠状态下发掘并影响他人的潜意识。一般情况下，由于听故事的人不可能在催眠状态中（比起文学来，电影似乎更容易使人进入半催眠，效果亦有限），直接的命令或暗示是无效的。那么，叙述者就要通过构建一种主动的潜意识思维来改造被动的潜意识。大多数情况下，这种构建也是在讲故事者的潜意识层发生的，也就是说说者和听者都被屏蔽了，他们是不知情的，唯一的主宰，是文本本身，所以经典的文本，大多具有自繁衍性和自继承性。

为了能用更现代直观的概念来说明，我们可以试着用电影的方法来解读这个故事。假设此则神话被拍成电影，片中男一号和女一号的对手戏很足，有动作，有特技，有缠绵，有悲情，有终极讨论，更有异种恋，要是对白和细节能有华丽煽情点，几乎就是《暮光之城》的翻版，完全可以迷倒一片九〇后少女。不过它和此类影片一样有个怪圈，那就是演技最好，戏最深，最后得表演奖的往往不是男女一号，而是演某反派或某家长的中年大叔或大婶。好比《暮光之城》的实力派演员，就是女主人公的父亲。回到这段神话来，中年大叔正是宙斯。

宙斯听到黎明女神的要求之后，情绪在瞬间起伏了几次。他先有点迷惑，一个凡人，凭什么得到不死？凭欧洛拉的一句话？如果人人都能这样轻易进入本系统，奥林匹斯山的房价岂不是要飙升？他又有点肉痛，让阿泰永生要用掉他一瓶长生液，这是稀有资源，比市中心一套别墅都贵，就这样送掉了？但是他又不好直接拒绝，女神是他下属，跟他有劳动合同关系，且干的是别人都不愿意干的早班，每天三四点就要起床，那么多年坚持下来，没有功劳也有苦劳，给点奖励也是应该的，再说只要阿泰不死，她就能一直干下去，用一瓶水换底层职工的忠诚，似乎值得。

宙斯毕竟是老狐狸，他注意到了女神的失误，只求长生却忽略了不老，那么只要一百来年，阿泰赖以成功的资源——美貌就会枯竭，女神抛弃情人的可能很大，一百来年对神来说，只是一支烟的时间，而她欠自己的这份情是永久的，到时候一切都会朝着对他有利的方向发展。

宙斯所有的小算盘，迷惑，妒忌，权衡，得意，谋定而后动种种聚集在同一时刻，还要不动声色。加上整个神话语境对于他的行为模式已经有了很多前史性的刻画，这样立体的人性反映在表情或者肢体上，在短短的几分钟内完成，对于一个演员来说，实在是过于丰富了。我曾惊叹梁朝伟在无间道一场，看见黄秋生从楼上摔下来时，面部表情在十几秒钟里的变化层次之细腻，但是如果让他来演彼时的宙斯，估计也会是一次极人的挑战。

然而对于表现空间如此巨大的一个动作，故事文本只用了一句话带过；宙斯答应了她的要求。

唯一的配角，男二号的人格缺席了。我们读了那么多和宙斯有关的神话，见过好色的，见过贪婪的，见过暴虐的，就是没见过这样爽气的。罗素说，在荷马诗歌中所能发现与真正宗教感情有关的，并不是奥林匹克的神祇们，而是连宙斯也要服从的“运命”、“必然”与“定数”这些冥冥的存在(《西方哲学史》)。阿泰无法永葆青春，如果女神在情人变老之前意识到这点，再次向宙斯要求，宙斯会不会答应呢？那时神话作者是不是面临着绝境，必须要在他原先无视的领域里做文章了？那么结果就不是悲剧了。作者有意或无意地遗忘了这种逻辑，单线前进，不论是不是受了文学主题或结构的逼迫，一直讲述到女神和阿泰被时间(自然规律)击败，表面上在时间这个隐形角色上画了个圈，却没告诉我们圈外的东西才是他所要讲的，只不过他没办法讲，因为圈外的世界，真正的宙斯，太大太宽泛了，超出了叙述能力。有趣的是，类似情节在几千年后的魔幻现实主义电影《本杰明巴顿奇事》中复现，男女主角一个返老还童，一个徐娘渐老，年龄差异随着时间的流逝而扩大，结局却是恋爱双方克服时间的磨砺不离不弃。此中有对爱情的歌颂，有对人类社会生息的乐观预期，也有逝者如斯的情怀。更有趣的是，时间(自然规律)作为主题，在该神话文本中获胜了，而现实却是文本流传了三千年，借着胜利者的翅膀，生生不息地活了下来，而且看起来它会克服时间，像泰索尼斯一样，继续活卜去。只是它的青春期限，大概要比前者长得多。

XXV

海哭的声音

《塞壬》

塞壬

塞壬们是阿刻罗斯与艺文神女之一墨尔波墨涅的女儿们，即是珀西诺厄、阿格拉俄珀与忒尔克西珀亚。她们中间一个弹竖琴，一个唱歌，一个吹箫，半人半鸟的塞壬姐妹用甜美的音乐引诱过往船只，使它们撞上礁石船毁人亡。

在回乡的途中，奥德修斯遵循女神喀耳斯的忠告，在船将要驶入塞壬领地的时候，叫手下把他拴在桅杆上，并吩咐他们用蜡塞住自己的耳朵。不久，石岛那边就传来了迷人的歌声，歌声让他欲罢不能，他绝望地挣扎着想要解除束缚，并命令随从驶向正在繁花丛中唱歌的海妖姐妹，但没人响应。直至船远远离开，再也听不到歌声时，水手们才给奥德修斯松绑，取出耳朵中的蜡。塞壬姐妹中的老大珀西诺厄深爱奥德修斯，挽留不成，懊恼不已，当奥德修斯的船远去后，她就投海自尽了。

奥德修斯好声色，漂泊期间曾和女巫同宿，这次碰到会唱歌的海妖，明知有危险，也要拼死吃河豚一听为快。但是他的部下没那个福，也没那份闲心，他们要驾船。这情况就像二十年前电影局引进的西片，一般都是小范围放映，研究性质的，票上写“内部放映”，其目的据说是更深刻的体会资本主义的腐朽性用以揭露与批判其腐朽。老百姓不能看，是因为定力弱，分辨力差，容易被腐化。二来是因为他们大多忙着养活自己和国家，没闲心。奥德修斯是特洛伊木马的始作俑者，早年的文艺当局全面继承了他这份聪明，深知战胜之前要先投降的道理。于是那些内部电影便成了他们的木马，视觉或心理上接受了，但意识形态不接受，就等着敌人狂欢过后打他个出其不意。一等等了二十年，木马肚子里一点反应都没有，倒眼见着这船尖要触礁与水妖融为一体了。就纳闷：是不是睡过了？回头一看，也不知是水手们早自说自话把蜡耳塞取出来了，还是女妖功率太大，堵不住，或者是自己陶醉比画得太厉害，感染了下属，反正全都在悠闲地听着免费歌，闻着花香和女人香，享受生活了。

女妖的老三也是个精品，爱得比谁都真，伤得比谁都深，说是老三，其实学名小三。她为奥德修斯唱歌，打了个小算盘：船触礁后，水手全淹死，只救奥德修斯，然后两人结婚生妖，延续族类，而且是变异进化的族类，有奥家的勇猛智慧，又有妖家的美丽残忍，但主要的血统当然还是妖的，人和妖的后代，怎么着也不算人。最重要的，是小海妖有腿了，能想象吗？一句话，就好像宋思明对海藻说的：二十五岁未婚少女，前途无量。

没想到她这儿正往死里唱着，只见对面桅杆上那中年男人手舞足蹈，打着拍子就从她面前“呼”一下过去了，那叫一失落，连死的心都有。这个可以有，这个，真的有，但是当时好像还没绝望，所以没往下跳。等船一走，消失成点，越想越亏，暗说：早知道你这样，当初就不该考虑把你救起来，淹死你个无情无义的东西。女人毒起来，连虚拟的也不放过，连自己当初的一点温柔也不放过。俗话说：人生若只如初见。

对于她则是人生若只如初想。可是如果初想的东西立马就伤了你,连一贴时间药膏也不抹上的话,那就没意思人了。就好像网恋见光死,酝酿了半天,约好见面,快到点了却远远地发现对方完全不是那么回事,一分钟都没多待就逃了,初见的机会都没给人家,那人家得多痛啊,多浪费人品啊。其实这女人,不,妖,越毒,就表示爱得越深。不放过是不放过,但毕竟是虚拟的,没成就感,没完成感,没归属感,反正现代女人想要的,她要什么没什么。一狠心,得,投海吧。海妖投海啥概念?那概念就跟爱吃豆腐的人想拿豆腐噎死自己,篱笆女想用钱把自己砸废一样,决绝得不得了。她最后唱的歌:听,海(妖)哭的声音。

XXVI

拯救婚姻的线团

《酒神与阿丽阿德涅》，〔西〕提香，伦敦国立美术馆，1520 年。

玛彭莎小传

玛彭莎是国王伊万诺斯的独生女。为了对付涌入宫殿的求婚男子,国王提出:哪位男人如想得到玛彭莎,必须在战车较量中战胜他。死亡将作为对失败者的惩罚。许多年轻的王子就这样丧了命。莫塞尼亚的王子伊达斯最后出场。他按海神的话赢得了比赛。结果国王伊万诺斯失去了女儿——生活中唯一的希望,因而投江自尽。

但是过了不久,阿波罗将玛彭莎掠走了。伊达斯追赶那长生不老的太阳神,准备与之决斗。突然,宙斯赶来制止这场不公平的决斗。宙斯让玛彭莎作出选择:要么长生不老,享受永久的荣耀;要么对爱情忠贞不渝,而过一种充满忧虑和悲伤的凡人的生活。由于怕神对爱情不忠,玛彭莎谢绝了阿波罗甜蜜的许诺。她选择了能同甘共苦的人作伴侣。阿波罗垂头丧气地走了。伊达斯则感到万分喜悦。

手帕时代,西方人送别好友时常挥舞白手绢致意好运和一路顺风,其由来就是特修斯的白帆。特修斯是和赫尔克勒斯齐名的英雄,但光环似乎没有后者的明亮。倒是他女友阿丽阿德涅,在现实生活中曝光率颇高。就拿最近横扫票房的《盗梦空间》来说,其中迷宫构建者就叫阿丽阿德涅,显然是利用了神话背景。早先很多符号学或解构主义论著讲到意义迷宫时,也常用阿丽来做比喻,比如巴特的《明室》。还有最著名的一个,那就是欧洲航天局为打破美苏垄断而开发的火箭阿丽亚娜系列,名字即取引领我们走出空间迷宫之意。

总之,阿丽在今天就是谜或解谜的代名词。西方人但凡遇到个稍复杂的问题,需要在命名上讨个好彩头时,首先想到的词语里绝对有阿丽一份。不过在神话历史中,她的结局很凄惨。她没和特修斯终老，有版本说是特修斯受梦所托主动抛弃或被动忘记了她（主流中文版，这一说法与影片暗合），把她留在那克索斯岛，也有说法说她被酒神抢去（周作人版），又被酒神背叛，最后落得被另一人物帕修斯所杀或上吊自杀的下场。

在卷轴的另一头，与阿丽形成鲜明对照的女性角色是玛彭莎。她的情人伊达斯不惜气死老丈人和她私奔，却碰到太阳神阿波罗横插一杠要抢新娘子，最后打到宙斯面前。好在小玛脑子清楚，为爱情抛弃了永生。今天我们才会看到后文中人定胜天，爱情至上的励志故事。同样是女人，同样是公主，同样是被钻石王老五抢亲，差别咋就那么大呢？

这里体现出古希腊人原始的男权逻辑，与同一时期他们的东方同仁提出的三从四德观点遥相呼应：女人一思考，上帝就发笑。阿丽为了自己的幸福奋斗了，作为了，最后改变不了命运。小玛在他的故事里啥都没做，一直处于被动状态，却守住了自己唯一的归宿。

时隔三千年，迷宫在当代重建，不过形式成了电影，布景成了梦。盗梦者科布在女助手阿丽的帮助下，走进自己潜意识的最深处，斩断心魔，给自己的战舰挂上了白帆。可我总不自觉地企图给貌似完整的剧情续貂：科布曾重蹈特休斯覆辙，在第一次走出迷宫后将妻子兼同谋逼入绝境。那么现在的阿丽呢？会不会是又一个牺牲品？刚越过魔境的他们，会不会抵不住虚幻的诱惑，再次落入迷宫？而那时的科布，岂不是需要第三个阿丽阿德涅了？

答案也许就在现实中。

这两天上海各大媒体在热议《新婚姻法意见稿》，笑说该稿关于房产分割的规定是“新婚姻法一出，老公变房东”。我问了下周边女同事的态度，似乎并没有像网上所渲染的激烈。且据我所知上海法院向来都按照这一方针判案，这次意见稿只不过把不成文的条例落到纸上而已。稍有阅历的中国公民都知道，当我们的政府部门要把什么写到纸上了，那基本上就是现实中状况最糟糕的时候。比如说很多年前满大街都贴着五讲四美口号的时候，恰恰也正是满大街国骂的时候。这次的意见也不例外，其实际意义除了向中国人宣告房子已经全面正式成为了婚姻的天敌之外，对我们已经比较艰难的婚姻环境没有实质性的影响。话说回来，物质作为横在爱情之间的那个不讲道理的魔神，臭名昭著已久，不论是强大智慧的阿丽，还是婉约依人的小玛，在跟着爱人的路上都会被他尾随。尤其是当房产突然成为衡量男人可靠程度的主要标准之后，婚前或离婚考虑的“家”和“分家”一下子变简单具体了，简单具体到只要房产证上的名字能搞定，其他都好商量的程度。大家也知道，官方对于现实的反应速度照例是慢于群众的，无论新婚姻法意见稿能否通过，有一大部分上海姑娘事实上早已不屑于在“有房子的男人”和“没房子的男人”之间作选择，而是追求在“能把自己加在房产证上”和“不能把自己加在房产证上”的男人之间作选择了。她们认为如果选对，会进入一个良性循环：把名字加在产证上，是为了在感情破裂时有物质保障，正因为这一达摩克斯之剑般的命题，男方才会有所忌惮而尽力避免破裂。然而她们也常常会面对反面的质问：在婚姻刚开始时就暗示破裂，是不是会促进破裂？

会不会促进破裂无以可考，但是因产权问题而导致婚姻流产的例子倒是数不胜数。我也不想用极端事例来证明没有房子的爱情也是靠得住的。这些终究只是巨大的婚姻迷宫中的一角，我体会得到彼时的神话作者，处于和我们一样的矛盾中，因此他们只给了阿丽阿德涅一个悲观的结局，而其间的过程，谁对谁错，谁先谁后，恐怕连解谜之女本人也无从下手了。禅宗说：至道无难，唯嫌拣择。如果我们揣摩一下这几个文本，不难发现古希腊人刻意模糊的，无非是一个“选”字。虽然这一模糊在萨特喊出存在先于本质时就几近终结，而今天的我们毕竟是和古希腊人一样亲近禅的，我们坚信“选”这动作本身就是一种障碍。唯一的不同是，他们好歹通过玛彭莎的抉择给出了一种积极的可能，那就是：生命无需太长，在死亡之前，爱过就够了。

XXVII

忘忧果

《奥德修斯的回归》

奥德修斯小传

奥德修斯从特洛伊出发，与伊嗒卡和邻近各岛的同乡，总共是二十只船。他们被风吹得很远，到了地中海的西面，等风息了的时候，他们在一个很可爱的地方着陆。人民欢迎那些上岸去的人，给他们吃本地的一种果子，名叫罗妥斯，这是人民常吃的食物，像蜜那么甜。凡是吃了这果子的人都不想再离开，只想永远都能吃那甜美的罗妥斯。天气似乎常是下午的样子，那里永没有人想做什么工作。但是奥德修斯不肯让他们这样下去。他把那些懒人带回船去，把他们拴缚在板凳底下，直至船到得很远了，才把他们放了下来。[1]

① 根据周作人版稍作修改。

通常认为荷马所说的忘忧果指石榴(泡酒)。冥后帕斯芬尼就是吃了石榴,才被迫每年在地下幽闭六个月。也有人根据词源判断,说忘忧花(LOTUS)指莲花。实际上今天的石榴或莲花对人体没有麻醉或催眠作用,此说不能服人。对于神话植物的解释,既然植物学无能为力,那么神话思维呢?荣格以降的文学理论试图在神话故事里挖掘一种有遗传性的原型或集体记忆,或一种典型而反复出现的意象。根据这一理念,如果把忘忧花当作古希腊人原始记忆的索引,那么在物理功能上最接近它的植物,自然是曼陀罗。

曼陀罗在古代被作为蒙汗药的主料,种植历史可追溯至古希腊时代,与神话里的忘忧相符,是我倾向此花的理由之一。当然,精神分析不过是原型批评的一面,另一个更重要成分的则是人类学。试想，在佛经中大量出现，象征“禅圆，悦意”的曼陀罗花，与同样作为佛花的莲花在佛陀时代之前三五百年的古希腊神话中以词源方式会合，那么这几百年间佛花意义的分岔繁衍将会展现给我们一个多么奇妙的空间？更不用说佛教诞生之后，它还可能回到过欧洲，以其他方式渗入了罗马帝国的民间传说（列维·斯特劳斯曾提出佛教渗入基督宗教的观点，电影《他来自地球》也讨论过佛教在古罗马时代作为基督宗教缘起的可能性）。

我在这里说了半天古希腊的安眠药，只不过为了证明神话是人文科学中的弦论，真相的一边是时空相对，光速恒定的集体无意识，另一边是无数薛定谔的猫试验组成的人类学，但无论是精神分析，还是人类学，都对人本身避而不谈，当它们被统一在线性叙事框架内时，世界就成了优雅的理论，而这门理论完全是外在于人的实证性的程序确立起来的科学。比如说忘忧药到底是什么，就算奥德修斯复活亲口说出来了，也根本无关紧要。它不会影响历史进程，它可以是石榴莲花曼陀罗的共同存在体。换句话说，它的本体在物理上不存在，对作为当代观察者的我们恰恰意味着物理性历史的完整。有人说历史观可以比历史事实更真，大意如此。

所以，关于这段神话，以下是我信手拈起的另一朵曼陀罗。

话说公元前1173年3月18日，特洛伊城被攻陷后的第五年零二十八天，该城西面数十公里的海岛上，发生了神话史上规模仅次于巴尔干蛮族南下，但从未被任何文字记载提及的种族迁移事件。当天岛上数千居民倾巢出动，打包出海，向大陆进发。海岸边，无数舰船离港而去，人们为尽快远离这个多灾多难的岛而摩拳擦掌。唯独他们的领袖，迁移的策动者奥德修斯站在战舰尖端面朝东方，凝视着这片白沙滩，感到一丝凄惶，这情景对他是如此熟悉，又如此大相径庭，五年之前，正是在同一地点，他在落魄中遇到了莲花并坠入爱河。而今天，她将在他的生活中永远消失。

这场轰轰烈烈的恋爱，和当时所有普通人的一样，充满着各种我们想象得到的情绪和力量，当然有些极小的因素，曾是被老奥长期忽视的，比如莲花身上的气味。上岛那天，他的舰队遭遇风暴，全军覆没，好在他深谙水性，独自爬上一只小艇，迷迷糊糊漂流到这片白沙滩边。刚一睁眼，就差点被迎面飘来的味道冲着了。其实可以说，在莲花出现之前，老奥已经被她的气味迷住了。那原本只是少女青春气息与烈酒的混合物，对他却像十年离乱中闻过的所有的硝烟与脂粉，汗血与柔情，忠诚与背叛的总和，让他恍惚回到了毁灭特洛伊前夜的木马的肚子里。虽然他看不见任何东西，却分明能嗅到漆黑的气味和屠杀的血腥，体验在鼻腔中快速积聚的快感。这快感冥冥地告诉他有一位如母亲年轻时一样诱人的女子正陪伴在身边，于是他醒过来，爱上了莲花。

后来老奥才知道那不是酒，而是岛上特产的爱神花香。小岛土地不算肥沃，唯产一种灌木果树，花和果子呈淡紫色，有助眠效用。岛民一直认为这种植物是爱神阿芙洛狄忒赐予的，以它为副食，泡酒，染布。战前岛上村落受特洛伊城保护，主要食物和生活资源都用它与特洛伊海上贸易换取，由于稀有，生意倒红火。岛民的祖先既认定它是爱神的赐物，有引发欲望的功能，于是约定俗成，在少女未长成时就定期喂以花汁，使她们成年后通体自然散发淡香，招揽异性青睐。战争时特洛伊被围，贸易通道时断时续，船只往来渐渐没了，岛上食物短缺，本不能接近爱神花的成年男人们也开始拿它们充饥泡酒，然而毕竟效力有限，没有生理变化。只是现在战争已经结束，贸易有了起色，原先的禁忌却不知什么缘故一直没有回复，反而男人们饮爱神酒的瘾倒是几乎到了无日不欢，百废不兴的地步。因此小岛再也没有恢复全盛时期的繁华。

对于老奥在岛上驻留，后来史书给出了一个高尚的动机，就是企图同化该岛。被莲花收留之后，老奥的雅典联军首领身份，很快就被热情好客的岛民认出。全岛立即以狂欢气氛欢迎了这位战争英雄的到来。在与以莲花父亲，小岛的头人赫西俄德为代表的岛民们深入吃喝了几天后，老奥发现这个岛是实践其政治理想的好地方。它既不同于完全被武力征服，种族灭绝后濒临蛮荒的特洛伊，也不像家乡伊塔卡岛那样已拥有一套成熟政治体系拒它者于千里。岛上居民基本处于群龙无首的状态，加上民风淳朴，亲缘紧密，无疑为意识形态灌输提供了更开放的环境。就如同它的地理位置在两个大陆之间般，正介于两种文明的同化和异化的微妙平衡之间。只要轻轻一拨，就会像几天前他自己的战舰一样直奔某个地方而去。这块在特洛伊屠杀十年都没得到的飞地，现在就摆在他眼前，怎容得错过？

圣岛民居

但这毕竟是一厢情愿的想法，对于如此雄伟的野心，老奥并非毫无顾虑，比如说他一直怀疑岛民对爱神的强烈依恋和单一的种植经济会给他的行动带来不可预测的障碍。类似的悬疑在一开始就藕断丝连地缠绕在他的计划周围，如果没有正面的预兆，他甚至很可能在吃饱喝足后就拍屁股走人了。促使老奥斩断乱麻的，还是莲花，确切地说是莲花一开始就为他苦心经营的幻象：岛民只是需要一位强力领袖去恢复昔日辉煌，让他们重新被爱，至于被谁爱，如何被爱，并不重要。她怂恿他带她走，但必须在将她连同她的家乡彻底改变之后，这样当她来到他的大陆时，就不会被人嗤之以野蛮。所以，即使在沙滩上莲花真的对老奥一见钟情，其无意识基础也并非爱情，而是她对大陆文明的热衷，对于她那些嗜花成性的同乡的厌恶，使得她不择手段地企图借老奥的力量来改变小岛的现状。这种渴望可以让她决定放弃原本淫荡的生活，曾经拥有的男人们，但必须留住他，让他的疑问在她身上得到解答——她向往大陆的宫廷生活，喜欢华丽卷舌的雅典语，且对船队带来的珍贵物品表现出极大的兴趣。于是她对老奥的欲望，终于成就了他对于小岛的欲望，因为他“需要”满足她的虚荣，授之语言，给她珠宝粉黛，还“需要”和她一起种下岛上第一片橄榄树林（海难那天，老奥在双桨艇上发现了不少橄榄和种子)。每当他讲起某个家乡的有趣风俗时,她都会第一时间劝说他在岛民中实施,哪怕没人知道这种强制性的转变,会不会引发严重后果。甚至连姑娘的名字,都只是即兴的——莲花是奥德修斯根据她自报家门时的发音音译至雅典语的名字。至于在土语中的意思,他一直没问。沙滩上初见那会儿,因兴奋过度顾不上详问自然属正常。相处得久了,奥得修斯既叫得顺口,又觉得名副其实,跟少女风韵挺相配,也就没有问的必要了,万一问出来,土话是二丫头的意思,岂不煞风景?而姑娘本人那边,虽然学了些雅典语,知道了词的本义,也不表示反感。当然,不管哪个女人,正好有个美丽的外国音近词来命名她,她总会莞尔接受的。

和众所周知的倾国倾城故事不同,在我们的主人公们的爱情与权力之间,前者并非总在暗处,并非后者的博弈方和同一个空洞幻象的另一面,而是幻象的生产者和合谋者,在加诸权力以动物性直觉的同时,也成为后者的知性目标,使得其结构更加坚实。当然,知性不意味理性,尽管在老奥颁布了夹带着恋爱初期光芒的法令前,小岛已经处于一盘散沙的状态,但如此剧烈的转变还是惊起了一些波澜。如下面这篇敕令,具体日期已经不详,但可以肯定的是,它是在老奥与莲花相爱后不久，某个狂欢夜的第二天，出现在当地神庙的门柱上，并引发了一场小小的骚动：

蒙万能的智慧与胜利女神雅典娜的恩惠。伊卡塔之王，特洛伊的征服者奥德修斯，告示从今往后的众人：诸神之战于东方的大陆终结，爱神阿芙洛狄忒已放弃其所庇护的特洛伊城及海上属地，将之转交宙斯之女，雅典的主人，智慧与胜利女神雅典娜。在此情景下，其所掌握的力量，将对本岛的命运产生不可置疑的作用。今天我们充分认识到，长久以来的一些不当的习俗，对于此岛的新主人，会导致不敬和冒犯。因此，我们通过永久性和不可更改的法令来决定和命令以下内容：

第一款：禁止崇拜爱神阿芙洛狄忒。原神庙中一切与之有关的雕像与物品皆更换为雅典娜的偶像。任何人被发现有向爱神祈愿和膜拜的行为，将被没收财产并监禁。

第二款：禁止任何人公开种植爱神花，除房屋内院装饰性空地外，所有可耕种地皆改种橄榄树。任何人若将爱神花暴露在公众场合，将被没收财产并监禁。

第三款：任何人不得将爱神花或其产物带入神庙范围及雅典娜神像附近，否则视同违反第一款。

第四款：今后小岛将改称雅典岛，禁止在公众场合使用旧称。违者将被没收财产并监禁。

……

第一批法令出台后，带头反对的是莲花的旧情人斯皮罗斯，不过在老奥和莲花的共同努力下（据说当时由赫西俄德出面，根据岛上的习俗组织了一场情人间的决斗，老奥亲自击败了斯皮罗斯，造成对方肩部轻伤），骚乱很快在更喧嚣的狂欢和歌舞声中趋于平息。

这里我们要提及赫西俄德和老奥的情敌。前者在老奥眼里是一位有雅典风范的长者，虽然他的穿着和普通岛民并无差别，但老奥总觉得他更亲切一些，并不仅仅因为他是莲花的父亲，而是他表现的大陆情结与女儿完全不同，如果说莲花对大陆的向往总是写在脸上，那么他似乎是在企图藏匿这种情结，但举手投足间又总有掩不住的细节流露出来，比如他说得一口流利的雅典语，有时会有意无意地把褶皱衣的腰带系成紧凑的大陆式而不是宽松的海岛结。而对于斯皮罗斯，老奥并不恨他，他甚至对他有点英雄相惜。在后者不因闹事而被拘禁期间，老奥常常会以各种借口找他切磋武艺，而后者似乎也颇享受自己的尴尬身份，他深知大势所趋，以一己之力，除了成为别人茶余饭后的谈资，给乡里增添些乐趣之外，根本改变不了什么。

民众虽于移风易俗颇有微词，但考虑到时势，考虑到橄榄树的贸易价值不比爱神花差，也许还考虑到这样的改变还能促成一对神仙眷侣，便不再发难。而这场风波似乎也使得我们的主人公之间的感情更加稳固，竟至于谈婚论嫁的程度。于是有一天，神庙的门柱上出现了宣布两人即将成婚的喜讯，同时伴随着更全面严厉的如下法令：

第六款：人民必须将其未成年子女送至免费学校，学习雅典语、几何、政治及格斗。违者将失去对子女的抚养权。

第八款：自今日起，各家储存的用爱神花加工的食物将成为合法的牲口饲料。任何人不得在公众场合食用爱神花或混有爱神花汁液的食物和饮料，不得散发爱神花香。禁止给各年龄妇女喂食爱神花汁。女人若自然带有爱神花香，必须在身上涂满橄榄油覆盖其气味。违反者将处以在橄榄油桶中强制浸泡三天至三十天的刑罚。

……

这些刻在雅典娜神庙石柱上的条框，大多来自老奥对家乡的记忆，其中一部分多年后在老赫西俄德的《工作与时日》中被提及，大到何时出海贸易，何时采摘橄榄果实，小到对小解方向与狗食的禁忌，巨细无遗地扫荡了小岛原先的生活制度，也让莲花对老奥的崇拜上升到了顶峰。婚礼当晚，莲花承诺老奥，一旦橄榄丰收，她就跟他启程回家。

莲花的承诺让老奥没日没夜地投入到工作中。随着时间的推移，小岛的地貌发生着不大不小的改变，低平的阿芙洛狄忒神庙被改建成高耸的雅典娜神庙，大片紫色的灌木变成了绿色的乔木林，建筑物的布局从零星分散变为层层相扣的圆环。人们之间的关系也日趋稳定，莲花一如既往地引导老奥制定出大小政策，她父亲一如既往地帮助老奥在岛民中实施它们，斯皮罗斯一如既往地给他添些无伤大雅，但颇具娱乐性的乱。爱神花虽然没有在小岛范围内完全消失，但不论在心理还是物理上，铁定已经只是阴暗处的存在了。即将迎来第一次丰收的小岛就像一壶烧开前的水般平静，但其深处总隐藏着一些微小而具有爆炸力的气泡。比如最让老奥心烦的，是自己身上的一些奇异的精神症状，他的短期记忆开始衰退，常常忘记几天前的事，找不到走过的路，而一些以前从未或不愿记起的事却更频繁地在梦中浮现，如特洛伊大屠杀的惨状和他率部离开特洛伊的路上，如何饱受海神阻挠，与风浪搏斗的情形。又如他被海浪打落水，混乱中抢上一艘双桨船，却发现战舰离他而去的情形。如果说他的问题还可以解释为疲劳所致，那么莲花的行为可称得上是诡异了。她会无缘无故地失踪一段时间，常常是刚才还在泡茶或烹饪，一回头就不见了。每当发生这种情况，老奥的精神就会变得萎靡嗜睡，不知不觉进入白日梦状态，或干脆倒头大睡。有时直到晚上从噩梦里惊醒时，他才发现她躺回到了身边。甚至有好几次，他觉得莲花的性格相貌也变了，她不再是他认识的那个姑娘。

为了让故事不显得过于故弄玄虚，这里我不得不稍稍澄清之前对读者的误导，重申其精神分析意图。起初我们说莲花为了留住老奥构筑了一些幻象，这些幻象决定了老奥在小岛的权力地位，但之后的情节表明：莲花本身就是一个幻象，是老奥在严重的妄想状态下虚构的异性自我。所有与姑娘相关的客体元素中，爱神花的气味是她唯一的物理属性，它治疗了他的创伤性失忆。自特洛伊屠城之后至老奥从战舰上落水期间，老奥的短期记忆不断被潜意识强制抹除，进入准痴呆状态，为病症的首次发作。上岛那天，浓烈的爱神花香虽然引发了他的妄想症，也暂时恢复了其大脑的记忆功能，使之在岛上的人格具备了一位领袖应有的表面正常，而大规模销毁爱神花使气味的疗效不断减弱，失忆症复发，伴随着妄想症的消退和在首次发作期间曾被抹去的记忆片段复现，这种复现也可看做是疗效的反溯，因此他才回想起一部分离开特洛伊后的航行事件。至于老奥的爱情，只不过是一个吞噬一切理性的精神黑洞的结论，这个黑洞的中心是强势文明对其周边的弱小者的征服欲。

然而，老奥自己不可能意识到这一点，对于配偶的异常行为，他的反应和普通人并无差别，他的脾气变得越发暴躁，他开始认真地怀疑起莲花的忠诚，考虑她旧情复燃的可能性。对于这一担忧，姑娘的父亲倒不以为然，老赫西俄德以他的人格和性命担保女儿的美德，但始终无法打消老奥的暴虐，反而徒增两者间的隔阂。在以各种方式跟踪莲花，限制其行动未果后，老奥的目标转向了斯皮罗斯。他们间的决斗不再是象征性的，而越来越充斥着血腥味，不过每次斯皮罗斯都靠着他的机智灵活逃脱对方的致命一击。此时赫西俄德的倾向也变得暧昧，表面看似在两个冤家之间斡旋，实则每每在危急关头阻挠老奥痛下杀手。有一夜老奥亲自跟踪莲花未果，却歪打正着地撞见赫西俄德与斯皮罗斯的密谈，在不远的暗处他隐约听见"要让他彻底死心"，"是时候离开了"，"除了他不会有人反对""必要时动用暴力"等颇有阴谋味的字眼。这些偶然的收获让老奥大为恼火，并领悟到，他需要的力量，是政治而不是武力，因为他要对付的，不只是一个人。

因而老奥转而借助他曾用来成功控制人民的律令，正如他现在只得依靠繁琐的文字记录来维持记忆。但没有了莲花的干预,其中的一些与其说是法令,不如称之为戒律。在这段时间里,一些有心人从神庙门前那些五花八门的新律令里看出了些政局变换的端倪。如:

第十九款:每十户组成一保。保长定期检查所属家庭是否私藏爱神花,或在房屋某处是否散发爱神花香,并通报上级治安官。

第二十款:任何人不得将爱神花装运上船,以爱神花交易其他物品。油橄榄是本岛唯一的合法贸易凭据,所有物品的价值都将折合成等价的油橄榄后进行交换。

第二十一款:男人不得用女人用过的水洗澡,因为这些水含有爱神花的残余,否则他会因之在某个时刻遭受深重的灾难。(《工作与时日》商务印书馆 1995 版,第 601 至 602 行)

第三十款:不得在神庙附近谈论爱神花及所有对他人不利的内容。违反者将被处以极刑。

……

与之前的律令不同的是,它们得到严格执行的可能性很小,况且就算老奥本人,也无法完全摆脱对爱神花的需要,正如他无法完全摆脱对莲花的需要。故其重要性不在于能否在真正的改造实践中取得效果，而在于在某个敏感时刻作为话语产生了。弗洛伊德在《文明的不适》中指出："个体的文明化过程与力比多之间存在着相似性"。在这里我们必须把这一命题与老奥的发展理想脱离开。文明的口唇期特征，即对于气味的原始兴趣（或禁忌），并非线性增长为对于秩序，清洁和虔诚的爱好，而只是作为转移痛苦的依据。比如说这条被用作逮捕斯皮罗斯和赫西俄德的借口，后来载于赫西俄德的《工作与时日》第706至712行：

第二十九款：不要惹永生诸神生气，不要把朋友当兄弟。如果你这样做，不要先冒犯他，也不要用说谎来开玩笑。如果他先得罪你，不论是说了坏话还是做了坏事，你要记住予以加倍报复。（《工作与时日》商务印书馆1995版）

被囚禁后，赫西俄德和斯皮罗斯狡辩了一阵，后来顶不住拷问，就在橄榄丰收祭的前夜，先后招供。然而真相让老奥的思路更混沌了：他们原来竟是老奥的部下。在海上与老奥失散后（在老奥的记忆中是因海难，但根据赫西俄德的陈述，实际情况是当时舰队中的某些野心家认为老奥的心智已无法胜任首领，趁海难发动兵变，将之扔在孤舟上，想借其夙敌海神波塞冬之力除掉他。军中智囊赫西俄德和武将斯皮罗斯属于忠诚者一派，发现统帅失踪后，当即率部脱离反叛者），他们一路搜寻，终于在爱神岛找到了已患有严重妄想症的老奥。为了让老奥得到休养，并避免遭遇叛军，赫西俄德和斯皮罗斯带数百余部混入并控制了当地土著（由于战争，岛上剩下的居民大部分是女人，仅存的男人们沉迷于酒肉，虽然人数几倍于赫西俄德其部，但几乎没有战斗力）。在观察了几天后，他们发现了老奥的关键幻象莲花，于是赫西俄德灵机一动，变成了小岛的头人和莲花的父亲。为了使这台戏更完整，他还设置了反派小丑斯皮罗斯这个角色。可惜智者千虑，必有一失，这条近乎完美的顺水推舟计只有一个缺陷，即赫西俄德一直没有发现，或者说没有肯定爱神花给予老奥的精神状态的决定性影响，不然他不会如此大力支持老奥的改造计划。讽刺的是，恰恰是曾被认为最有负面的效果的斯皮罗斯，最大限度地延长了幻象的有效期。

阴谋者的供词让老奥无限逼近真相，也唤起了他对莲花的无限渴望。因为不完整的回忆仍然无法帮助老奥证实反叛者的存在，小岛文明的严重大陆化也使赫西俄德等人手里有限的物证变成了笑话。而这还不是最可笑的，最可笑的是：逻辑上只有莲花才能澄清一切。

在运用其有限的记忆力进行了一番艰难的思考之后，老奥不得不恼羞成怒地面对他患有失忆症的现实，由于失去了所有参谋，他唯一的判断依据就是文字，确切地说是其制定的法令。无奈之下，他采取了最保守的策略，下令收监赫西俄德等人，将其罪行刻在石块上公之于众，在天明丰收祭上处死，作为献给雅典娜的牺牲。他这样处置他们还有一个好处，就是如果两人说的是事实，那么当年其部下中一定有一些会为他们鸣不平，甚至会采取极端措施来救他们。到时他可以随机应变，从他们身上获取信息。

不幸的是，民众似乎已经习惯了歌舞升平的生活，不愿再兴起风波了。直到第二天，一夜无话。

根据老奥的律令，每年小岛收摘第一批成熟的油橄榄那天为丰收祭。当天是小岛多年来的第一个丰收祭，老奥和民众们呕心沥血培植的橄榄树终于长成，人们对于收成的热情远远盖过了对于政治风波的关心。天刚亮，狂欢就开始了。第一波歌舞之后，人们推选老奥采摘第一篮橄榄，并当场榨油。老奥虽然心中有事，也只得当仁不让。采摘仪式在诗琴和苇笛的伴奏下开始，老奥从身着白色半月裙的侍女手中接过金剪刀，登上象牙高凳，将一颗颗暗青的橄榄剪下，放入用橄榄枝编织的篮子里。盛满一篮后，开始压榨。岛民们大部分虽然从未榨过橄榄油，但也通过口述大致了解过工艺：人们将橄榄放在一块巨石的凹坑里，由八个男人抬起另一块配合着压在上面，将少量清水灌入事先凿穿的孔中，新鲜透明的橄榄油就会从孔的另一头经过筛子流出来。然而这次，他们预料到了所有的细节，除了一点，要命的一点：从孔的另一头流出来的不是碧绿的橄榄油，而是紫色的，散发着爱神花香的液体。

第一篮如此，第二篮，第三篮……面对着一颗颗饱含着爱神花汁的橄榄，人们分不清老奥是在强装镇定，还是已经呆若木鸡。但是随着爱神花汁从压榨石中沽沽流出，空气中的爱神花香越来越浓，民众们先是交头接耳，接着大声议论，最后喧哗起来。非但原定的雅典娜祭拜仪式没有举行，而且不多久，人们的愤懑就从言谈发展到行为，其中一些胆大的围攻了守卫，将赫西俄德和斯皮罗斯解救了出来，另一些押持了近于痴傻的奥德修斯。此时老奥并非不知反抗，而是已经沉浸在迷人的醇香中，恍惚间他仿佛又回到了屠城那天，骚乱的人群中，弥漫的硝烟中，震天的杀声中，莲花那久违的，如同母亲般的笑脸忽隐忽现。

事变很快就以老奥的完败而告终，好在赫西俄德和斯皮罗斯对老奥忠心依旧。当他们抚稳民心，将统帅从人群中迎出来时，老奥的神态如同行尸走肉，他喘息着，沉默了好一阵，艰难地说出了那个词：回家。

公元前1173年3月18日，特洛伊城被攻陷后的第五年零二十八天，该城西面数十公里的海岛上，数千居民倾巢出动，打包出海，向大陆进发。海岸边，无数舰船离港而去，人们为尽快远离这个诡异多难的岛而摩拳擦掌。唯独他们的领袖奥德修斯痴痴立在船尾，面朝东方，凝视着那片白沙滩。在那里他有过许多惊心动魄的经历，其中大多数已经记不得了，只有一个女人的笑容还在脑中隐隐浮现，他叫她莲花。

而在不远的对面，这座海岛的最高处，一座新建的尖顶神庙依然耸立在那里，它的门前堆着大大小小的圆形废石，

伊拉克利翁堤岸

石块上本来刻满了一度带给这座小岛辉煌的各种法令，现在那些文字不但被抹去，而且立柱也被推倒变成了废墟。只有庙门门楣上的一行神谕被保留了下来，这也是诸多历经存废的古法中，将对我们的主人公产生永恒强制力的唯一律令：

“认识你自己。”

XXVIII

姐夫的春天

《珀耳塞福涅》

珀耳塞福涅小传

《荷马史诗》说珀耳塞福涅误采了代表冥王的圣花——水仙花，当珀耳塞福涅去摘那朵看似无害的水仙花时，大地裂开了。四匹黑色的骏马拉着冥王的战车出现在珀尔塞福涅的面前。反抗是那么的无效，冥王轻松地抱起未来的冥后消失在黑暗的死亡之国。德墨忒尔失去女儿后非常悲伤，离开奥林匹斯到处疯狂地寻找女儿，因此大地上万物停止生长（得墨忒尔是丰产、农业女神）。太阳神看到了一切，将珀耳塞福涅的下落告诉了德墨忒尔。宙斯知道此事后，向哈得斯商量能否将珀耳塞福涅还给德墨忒尔。他派赫尔墨斯去接珀耳塞福涅。但是在赫尔墨斯到达前哈德斯说服珀耳塞福涅吃了六颗石榴籽，这迫使珀耳塞福涅每年必须有六个月的时间重返冥界。

珀耳塞福涅是个粗放型女子，居然连殡葬大亨的家花都敢采。只是不采不知道，一采采进豪门，李嘉欣做梦也在想的事，被她一朵花搞定，也算狗屎运了。她老母德墨忒尔管了一辈子粮食专卖，是政府部门兼垄断国企一把手，本来和哈迪斯家族基本上门当户对。像冥王这样开着装甲陆虎来成亲的，凡人大概也就认了。可让老母抹不开面子的是聘礼实在太少，又没办酒，跟局长嫁女的规格差得太远。加上她寡妇睡觉，上面有人，一口气咽不下去就闹开了。这一闹不要紧，人间立马就分了四个季节。照理说这种行为是因私废公的典型，不过人家古希腊人大方，既然你老太太家里有事，公务上松懈点也就算了，大不了加几件衣服。

按说帕大姐婚前尔尔，婚后总该淑女一点了吧？很不幸，没有。我们权且不论她报复心强，强行扣留月神的男朋友阿多尼斯等等恶事，就说她每年回娘家的问题吧。她刚嫁过去那一阵，对自己身为冥后负担着地球的入春大任还比较重视，每年回地面见老妈的时间还比较规律，不过时间一久，本性毕露，迟到早退现象越发严重起来。而且她人品不好，缺岗总要找些借口，不是说碰到了圣婴厄尔尼诺，就是说到小闺女拉尼娜家串门去了，有时候还说去南极看臭氧空洞，或者到长江上游建大坝。麻烦你，想把地球吹暖至少先打个草稿吧。

比如今年，出冬入春时间晚于往常，南北已经干旱，中间看上去要涝，据说种种异常迹象都表明我国正处于气候异常期。我查了查相关资料，有的说厄尔尼诺去年十二月就开始减弱，拉尼娜效应开始。有的说今年厄尔尼诺卷土重来，夏天可能为史上最热。还有的说 2007 年至 2010 年都是拉尼娜年。加上长江上游水文变化，今夏上海周边雨水较多。总之，帕大姐将老妈遗传给她的个人主义发扬光大，没把阿多尼斯怎么着，倒把人类的气象和气象学给废了。她的座右铭是：人间有没有春天不重要，重要的是姐有没有春天。

四月中下旬气温骤升至三十度附近，媒体开始讨论入夏日程，着实把人吓了一跳：怎么春天只有一个月？当初我从北京逃回来，就是因为那里没有春天，就算有，也是带沙子的。难道现在轮到上海了？其实气候异常也有好处，比如今年日本关西樱花晚开一周，就被我赶上了。但大部分是坏处，比如现在蔬菜的价格之贵，就好像当年帕姐在被救出来之前吃的不是石榴籽，而是绿豆一样。好在现代人也遗传了古希腊人的隐忍大度，绿豆贵，夏天少吃点就是了。春天晚来早走，甚至不来也没什么，大不了不看樱花改看仙人掌罢了。

图书在版编目（CIP）数据

神是一枝花/胡寅著.-上海：上海文艺出版社.2012.8
ISBN 978-7-5321-4003-9
Ⅰ.①神… Ⅱ.①胡… Ⅲ.①随笔-作品集-中国-当代
Ⅳ.I267.1
中国版本图书馆 CIP 数据核字（2012）第 187714 号

责任编辑：林雅琳
封面设计：钱　祯

神是一枝花
胡　寅　著
上海文艺出版社出版、发行
上海绍兴路 74 号
新华书店经销　苏州文艺印刷厂印刷
开本 787×1092　1/32　印张 9　插页 2　字数 139,000
2012 年 8 月第 1 版　2012 年 8 月第 1 次印刷
ISBN 978-7-5321-4003-9/I·3089　定价：25.00 元